MUERTE POR DIDYERIDÚ

MISTERIOS DE JAMIE QUINN LIBRO 1

BARBARA VENKATARAMAN

Traducido por
MARINA MIÑANO MORENO

AGRADECIMIENTOS

Por todo su apoyo, consejo y entusiasmo, quiero darle las gracias a todas mis "chicas lectoras:" Janet, Jodi, Joette, Kahlia, Linda, Mai, Michele, Myra y Nanette.

CAPÍTULO 1

No sé por qué me siento culpable, no es que haya matado yo al tipo. Ni siquiera lo conocía, pero he oído que era un auténtico cabrón. Solamente diré que, cuando se supo que Spike estaba muerto, que había sido asesinado con uno de sus propios instrumentos musicales, las celebraciones estallaron por toda la ciudad. Algunas personas brindaron por su muerte con champán caro, mientras que otras brindaron con botellas de cerveza fría; sólo dependía del barrio. Aunque se contaron muchas historias esa noche -ninguna de ellas elogiosa, se lo aseguro-, todas tenían un tema común: Spike era un mentiroso y un tramposo, una pobre excusa de hombre que le robaría a su propia madre, si supiera dónde está, o se acostaría con la mujer de un amigo, si tuviera un amigo, que no lo tenía. La única compañía de Spike era su perro, Bestia, un pastor alemán que iba a todas partes con él y que tampoco era muy amistoso.

Seguramente te estarás preguntando cómo es que Spike tenía una tienda de música tan exitosa cuando era un gran imbécil. La respuesta es sencilla: era una estrella del rock. Literalmente. Sus solos de batería eran legendarios. Después de que el primer álbum de *The Screaming Zombies*, **Deathlock,** se convirtiera en disco de platino en 1999 y Spike ganara el premio al baterista del año, parecía que no había forma de detener a esta banda de garaje formada por desertores de la escuela secundaria. Pero Spike encontró la manera. Con su enorme ego y su facilidad para la paranoia, se las arregló para cabrear a todo el mundo en un abrir y cerrar de ojos, incluidos el mánager, el agente, el publicista y el productor de la banda, hasta el jefe de la discográfica. Los músicos de carretera le despreciaban especialmente. Le ponían la batería mal o le apagaban los altavoces siempre que podían. Y no olvidemos al resto de *The Screaming Zombies*, Snake, Slasher y Slime, también conocidos como Daryl, Marcus y Ricardo; tenían un millón de razones para odiar a Spike, la mayoría de ellas papeles verdes con imágenes de difuntos presidentes de los Estados Unidos. Lo culpaban de la implosión de la banda y de su espectacular caída hasta el fondo, que les dejó tan arruinados como cuando empezaron. La gente dice que sólo se necesitan diez minutos para acostumbrarse a un lujo, pero toda una vida para superar su pérdida. Por suerte para los Zombies, siempre estaban drogados, así que sus recuerdos de la buena vida eran demasiado borrosos como para ser dolorosos.

Avancemos tres semanas hasta el presente, en el que Spike, que sigue muerto, por supuesto, se ha apoderado de mi vida, haciendo que ponga mi casa y mi reputación en peligro, y mi cordura al límite. Bueno, seamos sinceros, no era tan estable para empezar, pero aún así...

Es difícil saber por dónde empezar, pero ahí va. Me llamo Jamie Quinn. Jamie no es el diminutivo de nada; mi madre simplemente pensó que era un buen nombre, uno que ofrecía más oportunidades que, por ejemplo, Courtney o Brittany. No quería cargarme con los estereotipos de la sociedad al elegir un nombre demasiado femenino o que sonara a conejito de playboy. Siempre pensaba en el futuro, lo que también la convirtió en una gran enfermera. Como podía atar cabos más rápido que nadie, siempre sabía cuándo un paciente estaba a punto de empeorar. Sus compañeros de trabajo en el Hollywood Memorial Hospital (uno de los mejores hospitales de Florida) estaban tan impresionados que empezaron a llamarla "Sue, la Psíquica". Aunque ella lo rechazaba cada vez que lo hacían, creo que estaba orgullosa de su apodo. Era su superpoder, decía. Puede que Superman tuviera visión de rayos X, pero nunca podría igualar su capacidad de diagnóstico.

Por desgracia, como cualquier superpoder, el de mi madre podía usarse para el bien o para el mal. Y había secretos escondidos detrás de esos ojos verdes. Cuando su cáncer volvió a aparecer, ella fue la primera en saberlo, pero se lo guardó para sí misma hasta que fue demasiado tarde para adquirir el tratamiento. Estoy segura de que tenía sus razones, pero no se me ocurre ninguna que tenga sentido. Como de costumbre, lo había planeado con antelación. Su seguro de vida pagó la pequeña casa en la que crecí en la calle Polk y me dejó suficiente dinero para tomarme un tiempo libre y reflexionar. La idea de reflexionar fue suya. Ahora, seis meses después, sigo tratando de reunir mis pensamientos, pero es inútil. Son marionetas de sombra, volutas grises que revolotean por mi cerebro y se niegan a ser atrapadas. De alguna manera, mi madre sabía que, cuando ella se fuera, yo también daría un giro hacia lo peor. La Sue psíquica ataca de nuevo.

Hay otra cosa que tienes que saber sobre mí... Soy una persona que duerme fatal. Déjame ponerlo de esta manera, si estuviera tomando una clase de sueño, obtendría una 'F' (con una 'A' por el esfuerzo, que no cuenta). Pero no creas que estoy sintiendo lástima por mí misma... no lo estoy haciendo. Todo esto es relevante para la historia. Como no duermo mucho, deambulo por la casa por la noche como el fantasma del padre de Hamlet (que también se llama Hamlet, por supuesto), pero soy mucho más silencioso al respecto. No hago sonar las cadenas ni le exijo nada a nadie. Sin embargo, necesito dormir más tarde que la mayoría de la gente para ponerme al día, cosa que puedo hacer ahora que no trabajo. Te lo digo para que entiendas cómo he podido dormir durante la llamada de mi tía Peg y su histérico mensaje en el contestador automático.

Era el lunes 1 de julio, el día en que Spike (recién fallecido) se apoderó de mi vida. Me había levantado de la cama a las once de la mañana después de una noche especialmente dura (aunque cada vez es más difícil clasificarlas a estas alturas), así que no fue hasta mi segunda taza de café cuando me percaté de la luz parpadeante del teléfono. Ya casi nadie me llama a mi teléfono fijo, así que supuse que se trataba de un teleoperador o de alguien que estaba tratando de realizar una encuesta. Cuando finalmente cedí y pulsé el botón, el sonido desgarrado del llanto de mi tía Peg me hizo derramar el café sobre mi regazo. Lo que dijo hizo que mi nivel de adrenalina alcanzara nuevos niveles.

"Dios mío, Jamie, ¿dónde estás? No puedo encontrar tu número de móvil... No sé qué hacer. Necesito tu ayuda... Adam está en problemas (está sollozando en este punto y no puedo entender lo que está diciendo) él está... ¡ha sido... arrestado! Estoy muy asustada. Por favor, llámame en cuanto oigas esto..."

Ahora estaba oficialmente asustada. Primero, porque mi tía se parece mucho a mi madre por teléfono. Segundo, porque mi primo Adam no es alguien que deba estar en la cárcel, *nunca*. Y tercero, porque ¿cómo podía alguien esperar que *yo* ayudara con una crisis de esta magnitud? ¡Apenas podía cuidar de mí misma!

Hay una cosa más que debería contarte sobre mí, pero no me gusta sacarla a relucir. Como no tengo más remedio, lo diré, pero espero que no pienses mal de mí, ni hagas suposiciones sobre mi honestidad o integridad. La verdad es que... soy abogada. Ya está, lo he dicho. Espero que eso no haya cambiado tu opinión sobre mí. Practico exclusivamente el derecho de familia, lo que significa que mi limitada área de experiencia incluye el divorcio, la adopción, la paternidad, la custodia y la manutención de los hijos. Utilizo la palabra "limitada" porque es la única área que conozco, y ya es bastante difícil mantenerse al día con eso. El problema es que amigos, familiares, conocidos, e incluso desconocidos, tienden a pedirme consejo en áreas de las que no sé nada. Lo siento, de verdad, pero no puedo ayudarte con un cierre inmobiliario, ni decirte lo que vale tu lesión de espalda; no puedo ayudarte a presentar tu reclamación a la Seguridad Social, ni aconsejarte si debes declararte en quiebra. Y seguro que no puedo representarte en un caso penal.

Por el bien de Adam, esperaba que eso no fuera lo que mi tía tenía en mente.

Cuando la volví a llamar, la tía Peg había pasado de estar histérica a estar inquietantemente tranquila, y no sé qué me preocupaba más. Dijo que estaban en la comisaría de Hollywood, donde tenían retenido a Adam. Peg tenía que quedarse con él, así que no podía hablar, pero me pondría al corriente cuando yo llegara.

"Iré allí tan pronto como pueda", dije. "Vosotros aguantad, ¿vale?" Quería sonar tranquilizadora, pero no soy exactamente la caballería.

"Lo intentaré, Jamie", dijo ella, con la voz quebrada. "Pero hay algo más que necesito que hagas..."

"Por supuesto, tía Peg, ¿qué es?"

"¿Puedes venir vestida de abogada?"

～

Lo que más me había asustado, al empezar como abogada novata, era que no podía empezar a comprender la profundidad de mi ignorancia. Cuanto más aprendía, más me daba cuenta de lo mucho que no sabía. He oído que hoy en día las facultades de derecho enseñan a los estudiantes a ejercer la abogacía, no sólo a investigar y escribir. Bueno, ya era hora, digo yo. Ahora que llevo diez años ejerciendo la abogacía, sé qué hacer y dónde ponerme, cómo vestirme y cómo negociar y, si no estoy segura de algo, normalmente puedo farolear. También he aprendido a calibrar a mis oponentes: los nerviosos con manos temblorosas, los descarados con algo que demostrar, y los fríos y seguros de sí mismos a los que anhelaba emular. Pero, como decía mi primer jefe, la mitad de la batalla consiste en presentarse. La otra mitad es prepararse lo mejor posible con la información que uno tiene.

En este caso, no tenía más información que la que ya conocía sobre la situación de Adam. Me senté ante el ordenador para encontrar el estatuto que necesitaba y rápidamente imprimí una copia del mismo, junto con las enmiendas. Luego, mirándome al espejo, ajusté la solapa de mi "traje de poder" azul marino. Tras ponerme el elegante collar de oro de mi madre, me retoqué el pelo y el maquillaje, y terminé desempolvando mi maletín. Mi conjunto estaba completo. Si no fuera ya abogada, podría haber interpretado fácilmente a una en la televisión.

No recordaba la última vez que había salido de casa, pero tenía que haber pasado por lo menos una semana. Los días se confunden. Resulta que, cuando no estás trabajando, no importa realmente qué día sea. Después de coger el paraguas de su percha junto a la puerta principal, me puse al volante de mi Mini Cooper. No había necesidad de comprobar el tiempo, los días de verano son siempre iguales aquí: calor y humedad por la mañana, tormentas por la tarde.

Cuando se piensa en el sur de Florida (¿y cómo evitarlo si siempre estamos en las noticias?) probablemente se piense en la moderna South Beach o en la ostentosa Palm Beach, donde Donald Trump tiene una mansión. Incluso puede que se piense en Fort Lauderdale, donde los Spring Breakers solían pulular por las playas en hordas de borrachos hasta que fueron expulsados, pero probablemente nunca se piense en Hollywood, la tranquila ciudad que se encuentra entre Miami y Fort Lauderdale. Con una superficie de sólo treinta millas cuadradas, Hollywood es un lugar sin pretensiones, asequible y pintoresco. Las calles tienen nombres de presidentes, almirantes y generales, lo que puede convertir un viaje a la tienda de comestibles en una lección de historia americana. Supongo que el GPS le ha quitado toda la gracia a eso. Es extraño cómo la tecnología mejora la vida y la reduce al mismo tiempo.

Vivir en Hollywood me resulta reconfortante, no sólo porque crecí aquí, sino también porque no cambia mucho. Puedo revivir mis recuerdos favoritos cuando paso por delante de mis puntos de referencia preferidos: el restaurante Wings 'N' Curls, donde solíamos reunirnos después de los partidos de fútbol del instituto, y el Stratford's Bar, donde íbamos a jugar al billar y a tomar cerveza barata en la universidad. Si se tiene la suerte de vivir y trabajar en Hollywood, no hay que desplazarse; todo está cerca. Por ejemplo, desde mi casa en la calle Polk hasta la comisaría de policía de Hollywood hay sólo cuatro millas. Aun así, tomé las calles secundarias para evitar los semáforos. Llegaría demasiado pronto, y la idea de que Adam, el pobre e indefenso Adam, fuera arrestado me hacía un nudo en el estómago. Todas las otras veces que no había estado allí para apoyarlo estaban ahora pinchando mi cerebro. Tenía que concentrarme si quería ayudarlo.

Llegué unos minutos más tarde y encontré un lugar

sombreado para aparcar, pero no apagué el coche. Debo admitir que sentía un poco de pánico. Diez años como abogada y ¿qué sabía yo de derecho penal? Sólo lo que había aprendido viendo un maratón de *Ley y Orden* un domingo... y me había quedado dormida. En otras palabras, nada. A pesar de que el aire acondicionado soplaba muy frío, las gotas de sudor salpicaban mi labio superior, y mis manos empezaban a humedecerse. Antes de empezar a sudar por toda mi mejor camisa de seda, decidí llamar a mi amiga Grace. Ella sabría qué hacer. Grace era abogada interna de una gran empresa de valores, pero había sido abogada de oficio nada más salir de la universidad. La llamada fue directamente al buzón de voz, y mi corazón se hundió. Tendría que ir a ciegas, ¿qué otra opción tenía? Sentí que el pulso me latía en la sien izquierda mientras respiraba tranquilamente y apagaba el motor. Justo cuando me estaba mentalizando para salir del coche, mi teléfono sonó. Un mensaje de Grace. La tecnología al rescate. Retiro todo lo que he dicho antes. Con un suspiro de alivio, volví a encender el coche y estudié mi teléfono con una intensidad que normalmente reservo para las fotos de Hugh Jackman.

Oye J... estoy atrapada en una reunión, ¿estás bien?

No muy bien, Gracie - ¡Mi primo Adam ha sido arrestado!

¡OMG! ¿Qué demonios ha pasado?

Ni idea... estoy a punto de entrar en la comisaría de Hollywood. Necesito tu ayuda, ¡no tengo ni idea!

Ok, hagamos un plan... si ha sido acusado, llámame lo antes posible, y no dejes que hable con nadie.

Puede que sea demasiado tarde...

Es cierto. El abogado del Estado podría pedir una evaluación psicológica, pero tendrás que luchar contra eso o pueden retenerlo 72 horas.

¡Oh, Dios, eso es lo último que necesita Adam!

Exactamente. Ahora, si no lo acusan, estás de suerte. Sólo tienes que usar las palabras correctas y tendrás un billete para salir de la cárcel. Te enviaré el enlace ahora...

¡Gracie, eres la mejor!

Sí, lo sé. Llámame más tarde.

Lo haré. Deséame suerte...

Mientras cruzaba la corta distancia que separa el aparcamiento de la puerta principal, el asfalto brillaba con el calor del mediodía, creando espejismos acuosos que aparecían y desaparecían. Unas imponentes palmeras se cernían sobre mí como centinelas autoproclamadas. (Para ser honesta, llevo desconfiando de las palmeras altas desde el día en que casi me rompe la cabeza una enorme hoja de palmera que cayó desde nueve metros de altura. Justo delante del juzgado. Una bomba de relojería a punto de estallar. Los testigos habrían sido todos abogados, excepto el afortunado chico (o chica) que yo (o mi estado) hubiera contratado para llevar el caso. Qué éxito habría tenido. Pero qué manera más estúpida de morir, ¿verdad?)

Aunque había pasado por la comisaría cientos de veces de camino al juzgado, nunca había entrado. De hecho, nunca había entrado en *ninguna* comisaría -¿por qué iba a hacerlo?- y no tenía ni idea de qué esperar. Tal vez las horas que había pasado viendo *Castle* y *El mentalista* me habían preparado para la realidad, pero tenía mis dudas.

Supongo que esperaba pasar por un detector de metales, ya que eso es lo que se hace en el juzgado, pero no fue así. En cambio, me encontré en un pequeño vestíbulo atestado de gente infeliz. Aquello era un zoológico. Por un lado, una mujer angustiada con un bebé gritando se dirigía a una funcionaria mientras, a pocos metros, dos hombres de aspecto desaliñado se enfrentaban entre sí, gritando sobre un cortacésped roto. Al menos, creo que era por eso por lo que se peleaban. Tuve que abrirme paso a empujones para llegar hasta la recepcionista, que estaba a salvo detrás de un cristal a prueba de balas. Era una aburrida veinteañera de pelo magenta que apenas levantó la vista de su ordenador para saludarme. Parecía ser inmune a la conmoción en el vestíbulo. Podría estar ocurriendo en otra dimensión o en un planeta lejano.

"¿Es usted abogada, señora?", preguntó.

"Sí, estoy aquí por Adam Muller. Creo que está en custodia".

"Necesitaré ver su tarjeta del Colegio de Abogados de Florida y su identificación. ¿Lleva algún arma de fuego o de cualquier tipo?"

"No, definitivamente no". *¿Cuándo se convirtió mi ciudad natal en el O.K. Corral?*

Después de echarle un rápido vistazo a mis tarjetas de identificación, me despidió con un movimiento de cabeza. "La segunda puerta a la derecha", dijo, haciéndome pasar con un movimiento de su larga uña morada.

Cuando abrí la puerta, miré a los tipos de la cortacésped que se estaban maldiciendo mutuamente en lo que parecía ser ruso. Un agente con la complexión de un defensa se dirigía hacia ellos y tenía un aspecto sombrío. Mantener la paz parecía un asunto complicado. De hecho, me pareció el peor trabajo de niñera de la historia.

El contraste entre el vestíbulo y el otro lado de la puerta era notable. Un pequeño paso me había llevado del caos a un universo bien ordenado en el que todo el mundo tenía un propósito y un destino. A mi alrededor, agentes de policía uniformados y civiles bullían de un lado a otro, algunos con carpetas, otros manteniendo rápidas discusiones en el pasillo. Si el vestíbulo parecía un hormiguero que había sido pateado, el despacho interior era una colmena que zumbaba. Por desgracia, debo informar que no se parecía en nada al plató de *Castle o El mentalista*. Qué decepción. Sabía que mi día iría cuesta abajo a partir de ahí...

La segunda puerta de la derecha no estaba marcada, así que llamé ligeramente antes de abrirla un poco. Una voz chillona pero familiar atravesó inmediatamente el silencio.

"¡Dejadnos en paz! ¡Mi hijo tiene derechos!"

"Cálmate, tía Peg, soy yo", dije, mientras me deslizaba silenciosamente en la habitación, cerrando la puerta tras de mí.

"¡Oh, Jamie, gracias a Dios que estás aquí!", dijo antes de derrumbarse en mis brazos, sollozando.

Le di unas palmaditas en la espalda e hice ruidos tranquilizadores mientras observaba la austera habitación. La moqueta azul bereber era nueva, y las paredes estaban recién pintadas, pero no había adornos ni cuadros que rompieran la sorprendente blancura. En el centro de la habitación había una pequeña mesa redonda con cuatro sillas modulares y, acurrucado en un rincón, abrazado a sus rodillas y meciéndose de un lado a otro, estaba mi primo Adam.

CAPÍTULO 2

"¿Puedes decirme, *por favor*, qué está pasando?" Pregunté.

Mi tía y yo estábamos sentadas a la mesa, sin hablar, a pesar de mis esfuerzos. Adam seguía en un rincón, aislado del mundo, como cuando era niño, antes de que la terapia intensiva y su obsesión por la música lo ayudaran a aprender a sobrellevar la situación. Volvería en sí cuando estuviera preparado. Hasta entonces, era mejor dejarlo solo. La pobre tía Peg tenía un aspecto tan demacrado; era como si veintidós años de proteger a Adam hubieran acabado con ella. Ni siquiera cuando ella y Dave se divorciaron, cuando su matrimonio se derrumbó bajo la presión de cuidar a Adam, había parecido tan derrotada. Sólo tenía cuarenta y dos años, pero en ese momento parecía tener sesenta y dos, con bolsas bajo los ojos y profundas arrugas en la frente. La vi coger un clip de la mesa, retorciéndolo y desenroscándolo hasta que finalmente se rompió. Levantó la vista hacia mí.

"Jamie, quiero despertar de esta pesadilla, ¡pero no puedo! Todo empezó esta mañana... Dejé a Adam en su clase de música, como hago siempre. Ha estado tomando clases de batería en la tienda de música de la calle Harrison. Cuando fui a recogerlo una hora después, había coches de policía y una ambulancia bloqueando la carretera. Casi estrello el coche, estaba tan aterrada... ¡Pensé que le había pasado algo a Adam! Cualquier madre habría entrado en pánico, pero fue peor para mí por culpa de Adam. Él no ve venir los problemas. Es demasiado confiado, incluso después de lo que pasó con esos horribles niños..."

Empezó a llorar de nuevo, así que saqué un pañuelo de mi bolso. Los abogados especializados en divorcios siempre tienen pañuelos a mano.

"¿Entonces qué pasó, tía Peg?" No podía imaginar a dónde iba esta historia.

"Detuve a un policía -más bien lo agarré- y le exigí saber qué estaba pasando. Dijo que había habido un homicidio. Empecé a llorar y a gritar por Adam y entonces... él... dijo... ¡Adam no estaba herido, pero se lo estaban llevando detenido!"

Estaba al borde de la histeria, así que cerró los ojos y respiró profundamente. Ya había visto a Adam utilizar esta técnica para calmarla.

Esperé un minuto y, luego, la pinché suavemente: "¿Tía Peg?".

Continuó como si estuviera en trance. "Seguí al coche de policía hasta la comisaría. Al principio no me querían dejar entrar porque Adam es mayor de edad, pero cuando lo vieron así, cambiaron de opinión". Se detuvo y miró a Adam con lágrimas en los ojos.

"¡Margaret Muller, mírame!" Espeté.

"¿Qué, Jamie?"

"¿Me vas a decir ya quién ha muerto?"

"Lo siento, creí que te lo había dicho... fue el profesor de música de Adam, Spike. Uno de los otros profesores oyó un grito y corrió a la sala. Vio a Adam de pie sobre el cuerpo de Spike. Y tenía sangre en las manos..."

Me levanté de la silla de un salto. "¡Dios mío, eso es terrible! Pero Adam debió encontrarlo así, ¿no?"

"¡Eso es lo que dije yo, pero lo arrestaron de todos modos!" Enterró la cara entre las manos.

Sentí que la habitación se cerraba sobre mí. El aire era tan sofocante que pensé que me desmayaría. Esto era mucho peor que cualquier cosa que pudiera haber imaginado. *¡Piensa, Jamie, piensa!* Siempre que tengo una crisis, trato de poner las cosas en perspectiva preguntándome: *Si meto la pata, ¿va a morir alguien?* Normalmente, la respuesta es no...

Grace sería capaz de arreglar esto, estaba segura de ello, pero necesitaba más información. Empecé a pasear de un lado a otro, abriendo un camino en la nueva alfombra.

"Tía Peg, vamos a superar esto, ¿de acuerdo?" Le pasé el brazo por los hombros, fue sólo un medio abrazo, pero pareció servir. Ella asintió.

"Dime qué ha pasado desde que llegaste, ¿te ha dicho algo Adam?"

"Ni una palabra".

"¿Ha venido alguien a hablar contigo?"

"Sí, un tal detective Hernández y un joven con traje. Les dije que nuestra abogada estaba en camino. Se supone que debo decirles que has llegado".

Decidí que era un buen momento para sacar mi teléfono y leer la información que Grace había enviado. ¡Necesitaba un curso intensivo sobre derecho penal! Estaba tan lejos de mi zona de confort que pensé que nunca encontraría el camino de vuelta. Recordé el estatuto que tenía en mi maletín (era lo único que había allí, aparte de un bloc de notas) y lo saqué. Le dije a mi tía que no se moviera, que iba a encontrar al detective Hernández.

"Una cosa más", dije, "y esto es realmente importante. Finge que no estamos relacionadas. Es mejor que no piensen que tengo intereses en esto, ¿de acuerdo?"

"De acuerdo, pero ¿cómo debo llamarte? ¿Señorita Quinn?"

"En realidad, prefiero 'su alteza' o 'mi real señora', pero puedes llamarme Jamie. Sólo por hoy". Me reí y la besé en la mejilla. A cambio, ella me apretó la mano y me dedicó una débil sonrisa. Me pareció un trato justo.

CAPÍTULO 3

IBA POR EL PASILLO CUANDO ALGUIEN ME TOCÓ EN EL hombro.

"Disculpa, ¿eres Jamie Quinn?"

Me di la vuelta y me encontré cara a cara con un modelo de portada de GQ. Desde sus brillantes zapatos de punta de ala hasta su traje Armani a medida y su brillante pelo negro, este tipo parecía que iba a conseguir grandes cosas... si es que no lo había hecho ya. Estaba bastante segura de que no era el detective Hernández.

"Veo que mi reputación me precede", dije con una sonrisa. "¿Y tú eres?"

"Nick Dimitropoulos, oficina del Fiscal del Estado". Me estrechó la mano con firmeza pero brevemente, todo negocios.

"Me han asignado el caso de homicidio de esta mañana. ¿Estás representando a Adam Muller?" Intentó sonar despreocupado, pero me di cuenta de que estaba excitado, como un león rodeando una manada de ñus. Bueno, este tipo se estaba metiendo con el ñu equivocado.

"Sí, señor". *¿Realmente han salido esas dos palabras de mi boca?*

"¿Y en qué empresa has dicho que estás?", preguntó, mirando mi traje de hace dos años, comprado en el perchero de Macy's. Como decía mi madre, los clásicos nunca pasan de moda.

Sonreí dulcemente. Sólo los abogados novatos te juzgan por tu apariencia. Guardé ese dato en mi cerebro. "Soy autónoma, mi oficina está en el centro. Así que, adelantándome un poco, ¿has acusado a mi cliente de algo?"

Antes de que pudiera responder, una de sus asistentes se acercó y le susurró algo al oído. Le entregó unos papeles y se fue. Nick (estaba seguro de que no le importaría que le llamara Nick) los miró y frunció el ceño. Volviendo su atención hacia mí, sin siquiera disculparse, dijo:

"Todavía no, pero estamos trabajando en ello".

"¿Tienes alguna prueba, además del hecho de que se metió en la escena de un asesinato? Estar en el lugar equivocado en el momento equivocado no es un crimen, que yo sepa".

Puso cara de desprecio. "Entonces, señora. Quinn, es que no sabes mucho. Su cliente hizo varias declaraciones incriminatorias".

Estaba tan enfadada que apenas podía contenerme. "¿Has hablado con mi cliente sin que yo estuviera presente? ¿Después de que te dijera que tenía un abogado?"

"Por supuesto que no. No ha dicho una palabra desde que lo trajeron, y nadie le ha preguntado nada. Pero sí hizo algunas declaraciones espontáneas en la escena".

Hojeando los papeles que tenía en la mano, dijo: "Está en el informe. Se lo voy a leer:

La víctima falleció, aparentemente por un traumatismo por objeto contundente. El sospechoso fue encontrado junto a la víctima. Cuando el abajo firmante se acercó al sospechoso, éste hizo las siguientes declaraciones no solicitadas: 'Todo es culpa mía, hice algo malo', y también: 'Lo siento, lo siento, lo siento mucho...'"

¡Oh, Adam! ¿Cómo iba a sacarlo de esta? Tendría que convertirme en un perro alfa ante el Sr. Fiscal del Estado.

"Escucha, Nick", dije, "sé cómo suena eso, pero esta es la cosa. Mi cliente dice todo tipo de cosas porque tiene el síndrome de Asperger. ¿Estás familiarizado con él? ¿No? Bueno, tal vez quieras leer sobre ello. Las personas con síndrome de Asperger tienen dificultades con la interacción social y a menudo muestran comportamientos inusuales. La conclusión es ésta: Adam Muller está protegido por la Ley de Americanos con Discapacidades de 2008. Aquí hay una copia del estatuto. Así que, si no vais a acusarlo, tenéis que soltarlo Inmediatamente. O presentaremos una demanda contra el departamento bajo la ley".

Su expresión era una mezcla de desprecio y rabia apenas controlada. Debo decir que todo ese veneno le restaba atractivo a su cincelado aspecto. Cuando terminó de mirarme, se dio la vuelta y se marchó sin decir siquiera "encantado de conocerte". ¿Qué pasa con los modales de la gente hoy en día? La culpa es de Internet.

Le grité: "Tengo derecho a una copia del informe policial".

Se dio la vuelta y volvió a acercarse a mí. "Escúchame bien, Quinn", dijo, con frialdad, "sé que tu chico lo hizo y, cuando terminemos de analizar las pruebas, habrá cargos. Intenta esconderte detrás de tu estatuto entonces".

Volvió a irse, enfadado y, esta vez, no volvió. ¡Qué mal perdedor! Probablemente tampoco habría sido un ganador amable. Respiré profundamente y sacudí la tensión de mi cuello y mis hombros. Desenroscar la mandíbula me llevaría un poco más de tiempo. *Puedes relajarte, Jamie*, pensé, *Adam está a salvo. Al menos por ahora....*

CAPÍTULO 4

"¡Nunca me he alegrado tanto de llegar a casa en mi vida!" dijo la tía Peg, arrojando su bolso sobre la mesa del comedor y quitándose los zapatos. "Estoy agotada".

"Tú y yo, hermana", dije, desplomándome en un cómodo sillón reclinable en la esquina.

Nada más sentarme, dos exuberantes cachorros saltaron a mi regazo y empezaron a lamerme la cara sin parar.

"¿Y a quién tenemos aquí, Adam?" Le sonreí a mi primo, que estaba sentado en el suelo junto a mi silla, acariciando a los perros.

"El negro es Angus Young, es un terrier escocés y tiene seis meses. El rojizo es Bono y es un setter irlandés. Sólo tiene tres meses".

"Estoy percibiendo un tema aquí..." Me reí mientras veía a Adam revolcarse en el suelo con los cachorros. Él mismo parecía un cachorro ya crecido. No podía pensar en una raza de perro con el pelo rubio y rizado como el de Adam, pero si existiera, eso es lo que sería.

La tía Peg me trajo un vaso de té helado y un zumo de

naranja para Adam. Luego, se sentó en el sofá y apoyó los pies en la mesita.

"Sabes, Adam, creo que no te lo he contado antes", dijo, "pero llevé a Jamie a un concierto de U2 cuando tenía dieciséis años".

Adam se quedó con la boca abierta, con los ojos marrones muy abiertos. "¡Guau! Ojalá hubiera podido ir".

"Te diré algo", dije. "Si AC/DC o U2 vuelven a actuar en el sur de Florida, te llevaré".

"¡Esto es increíble, Jamie! Me muero de ganas! ¿Puedo enseñarte ahora las cosas de música que hay en mi habitación?", preguntó, tratando de levantarme de la silla. Era difícil resistirse, ya que me superaba en peso por lo menos en quince kilos. Nadie diría que somos primos porque él era alto y rubio y yo baja y de piel aceitunada. Me han dicho que me parezco al lado de mi padre, pero yo no sabría decir.

"Claro, Adam, pero necesito hablar con tu madre primero, ¿vale?"

"¿Por qué no sacas a los perros a pasear, cariño? No han salido en todo el día", dijo la tía Peg.

Después de que Adam saliera por la puerta, me senté junto a la tía Peg y engullí mi té helado como quien acaba de cruzar el Sahara. Ni siquiera le di al hielo la oportunidad de derretirse. Mi tía se levantó de un salto para rellenar mi vaso.

"No recuerdo la última vez que estuve aquí", dije, entablando conversación mientras ella se afanaba en la cocina.

Para mi sorpresa, la tía Peg rompió a llorar. Me apresuré a consolarla.

"Ha sido un día duro, lo sé", le dije, acariciando su hombro.

Me abrazó fuertemente.

"Oh, Jamie, lo siento mucho, no he estado ahí para ti en absoluto. Desde que Sue murió, he sido un desastre, apenas podía funcionar. Es todo lo que podía hacer para ir a trabajar y cuidar de Adam. Sue no era sólo mi hermana mayor, era mi mejor amiga... y no puedo creer que se haya ido".

Entonces, lloramos los dos. Yo, porque no había pensado en el dolor de nadie más que en el mío propio. Tenía que ser la persona más egoísta y ensimismada del planeta.

"Yo tampoco estuve allí para ti, tía Peg, y lo siento". Cogí un pañuelo de mi bolso y me soné la nariz. "¿Qué diría mi madre si nos viera a las dos llorando así, con el rímel corriendo por la cara?"

Mi tía sonrió entre lágrimas. "Ella decía 'la culpa es una estúpida pérdida de tiempo. Si te sientes mal, mueve el culo y haz algo al respecto'".

"Exactamente. Así que, tú y yo estamos oficialmente renunciando a los viajes de culpabilidad, ¿de acuerdo? Personalmente, prefiero hacer un viaje a cualquier otro lugar". Volvimos juntas al salón y nos sentamos en el sofá.

"Trato hecho", dijo ella. "Y muchas gracias por lo de hoy, no sé cómo les has convencido para que sueltena Adam. Eres increíble".

"¡Yo no sé cómo sacaste a Adam de su crisis! Fue como magia".

Se rió. "¡Tengo años de experiencia! En realidad, lo único que tuve que hacer fue decirle que nos íbamos a casa y que los perros le estaban esperando. Pero he concertado una cita de urgencia con su terapeuta para mañana, definitivamente lo necesita. Y probablemente debería pedir una cita para mí también. Estoy tan contenta de que esta pesadilla haya terminado".

No podía decirle la verdad, pero lo descubriría pronto. No había terminado. Sólo estaba empezando...

CAPÍTULO 5

Exactamente una semana después, estaba cenando con Grace en mi restaurante de cumpleaños favorito, Le Bonne Crepe, en Fort Lauderdale. Excepto que no era mi cumpleaños. Lo habíamos elegido porque está al lado de la oficina de Grace, en el lujoso bulevar Las Olas. (Además, sabía que tenía malas noticias para mí y sentí que me merecía un regalo, como la última comida de un prisionero.

"¿Qué tal un Crêpe Suzette?" Dijo Grace. "Cuando lo encienden, es como una cena y un espectáculo. Por no hablar de que está de rechupete". Grace siempre se emocionaba con el postre.

"¿Estás bromeando?" Dije. "Esa es la razón por la que vengo aquí. Me encanta el Grand Marnier. La Crêpe Suzette es una bebida de sobremesa disfrazada de postre".

"¿Helado de vainilla aparte?"

"¿Realmente tienes que preguntar?"

Se rió. "Sólo te estoy probando. Así que, ¿nos ponemos a trabajar ahora?"

"¡Estás arruinando mi postre, Gracie!" Dije, levantando las manos.

"Vale, vale, lo siento, James, puede esperar..."

Después de haber comido cada bocado, de habernos chupado los dedos y los tenedores, nos sentamos en nuestras sillas tapizadas y tomamos nuestro café, empapándonos del acogedor ambiente del Bistro Francés.

"Habría lamido el plato si no estuvieras aquí..." Grace dijo, con nostalgia.

"Sabes que no juzgo".

"¿Ves? Por eso me gustas", dijo riendo.

Grace y yo éramos amigas desde nuestro segundo año en la Facultad de Derecho de Nova, cuando descubrimos que estábamos en las mismas clases. Resulta que cuando te encuentras con una persona cuatro veces al día, todos los días, al final entablas una conversación. Grace estaba motivada, era una de esas personas que realmente quería ser abogada, seria en sus estudios, pero con un loco sentido del humor. Yo era una estudiante de literatura inglesa que se había metido en la facultad de derecho por falta de un plan mejor. Ser amiga de Grace hizo que la facultad de Derecho fuera mucho mejor.

Una noche, estábamos en el apartamento de Grace estudiando para un examen de agravios. Hacia las tres de la mañana, empezamos a ponernos nerviosas. Acabábamos de terminar de leer acerca de el "demandante de cáscara de huevo" (alguien más susceptible de sufrir lesiones que una persona corriente) cuando Grace se fue corriendo a la cocina. Volvió unos minutos más tarde con un plato en la mano y riéndose a carcajadas. En el plato había una personita que había hecho con cáscaras de huevo con las palabras

"¡Ayúdame, Jamie!" en ketchup al lado. Casi me caí de la silla de la risa.

"¡Grace, me haces reír!" Dije, sintiéndome bastante ingeniosa. Por supuesto, a las tres de la mañana, mis estándares tienden a bajar considerablemente.

Al día siguiente, durante el examen, lo único en lo que podía pensar era en la pobre cáscara de huevo de Grace y tuve que reprimir mis risas. Todos en la sala debían pensar que estaba loca.

"Jamie, ha llegado el momento, me temo..." Grace parecía seria.

"Supongo que estoy lista". Dije, inclinándome hacia delante. Saqué un bloc de papel y un bolígrafo de mi bolso y los puse sobre la mesa.

"¿Quieres las malas noticias, o las realmente malas?"

"¿Ninguna de las dos es una respuesta aceptable?" Suspiré. "Lo que tú creas, Grace".

Le hizo una señal al camarero para que le diera la cuenta, que rápidamente depositó en el centro de la mesa.

"Bien, he revisado el informe policial y el informe forense de la escena del crimen. Ya conoces las declaraciones incriminatorias que hizo Adam, pero hay más. Encontraron la sangre de la víctima en los zapatos de Adam, pero sólo en las suelas, lo cual pudo ocurrir cuando se acercó al cuerpo." Hizo una pausa para mirar sus notas. "Pasando a la causa de la muerte, la víctima, Spike, que no parece tener apellido, fue asesinada de un golpe en la cabeza. El arma homicida es un didyeridú que encontraron en la escena".

"¿Qué demonios es un didyeridú?"

"Tuve que buscarlo. Según Wikipedia, es un instrumento de viento aborigen australiano. Básicamente, es un tubo largo de madera de unos ciento veinte centímetros de largo que puede llegar a pesar hasta cuatro kilos y medio. Este pesaba tres. Según el informe, encontraron varios juegos de huellas dactilares en el didyeridú, incluidas las de la víctima". Grace me miró con simpatía. "Y las de Adam..."

Me quejé. "¡Sólo porque haya tocado el diyeru ese o lo que sea no significa que haya asesinado a su profesor de música! Adam toca muchos instrumentos musicales, eso es lo suyo. Y Adam nunca le haría daño a nadie, aunque lo estuvieran golpeando sin sentido. ¿Recuerdas cuando estaba en la escuela y esos niños lo golpearon y le rompieron el brazo? ¡Ni siquiera pudo defenderse! No tenía ninguna razón para herir a su profesor".

Grace asintió, con su largo pelo oscuro cayendo sobre su cara. "Lo sé, Jamie".

"Bueno, ¿qué noticia podría ser peor que esa?"

"El Fiscal del Estado planea presentar cargos contra Adam la próxima semana".

"¡Maldita sea!" Golpeé mi bloc de notas sobre la mesa. "¿Han buscado al verdadero asesino? ¿Alguien con una razón para matar a este tipo?"

"No lo parece. Su chico de oro, Nick Dimitropoulos, está llevando el caso. Es un chico de la escuela que quiere hacerse un nombre por sí mismo. He oído que está planeando entrar en política, como su padre..."

"¡Oh, Dios mío! ¡No me digas que es el hijo de Theo Dimitropoulos! Eso es genial... el hijo de un senador estatal está apuntando a mi primo discapacitado..." Tuve ganas de llorar, o de gritar, o de ambas cosas a la vez. "¿Qué voy a hacer, Grace? No puedo representarlo, y mi tía no tiene dinero para contratar a un abogado. Es profesora de primaria".

Grace se quedó pensativa. "¿Y el padre de Adam?

"¿Dave?" Sacudí la cabeza. "De ninguna manera, está

arruinado. Ya ni siquiera forma parte de la vida de Adam. Se volvió a casar y se mudó fuera del estado. Creo que tiene tres hijos más".

"Bueno, este es mi consejo: deja que el defensor público lo represente. Este es un caso de importancia, así que le pondrán a su mejor abogado, y esa es Susan Doyle. Es muy buena y lleva mucho más tiempo en esto que "Slick Nick". Solíamos trabajar juntas en la oficina de la policía y no le importará que la ayude a trazar la estrategia. Sabes que haré todo lo que pueda por ti..."

Sentí un atisbo de esperanza. "¿Y si hipoteco mi casa? Está libre de cargas. Entonces podría contratar a un gran abogado defensor... No es que tenga nada contra Susan, por supuesto".

Grace negó con la cabeza. "Eso no funcionará", dijo suavemente. "No puedes optar a una hipoteca porque no tienes empleo. Y puede que tengas que usar tu casa como garantía".

"¿Colateral? ¿Para qué?" Pregunté.

"Para pagar la fianza, Jamie", dijo.

CAPÍTULO 6

Había sido un fin de semana largo, y Grace me había dado mucho que pensar. Demasiado, de hecho. Tratar de evitar que me acurrucara en posición fetal era un reto, pero tenía que mantenerme optimista por la tía Peg. Ella no tenía ni idea de lo que se avecinaba, y yo aún no estaba preparada para decírselo. Lo único que me mantenía cuerda era concentrarme en Adam y prepararme para el calvario que se avecinaba. Así que, a primera hora de la mañana del lunes, hice una llamada telefónica.

"Habla Susan Doyle".

La voz del teléfono era segura, autoritaria. Tenía un tono que decía: "Más vale que sea importante, no tengo tiempo para tonterías". Sólo había dicho tres palabras y ya me gustaba.

"Hola, soy Jamie Quinn, soy la amiga de Grace Anderson..."

"Oh sí, señorita Quinn, he estado esperando su llamada. Grace me habló de la situación de su primo. Por desgracia, parece que el caso sigue adelante. A título personal, me horroriza que el fiscal del estado haya decidido procesar con sólo pruebas circunstanciales y sin motivo aparente, pero está bajo mucha presión para poner a alguien entre rejas. Por no hablar de que hay mucha publicidad que hacer", añadió con ironía.

"Eso he oído", dije, sintiendo que mi mandíbula se tensaba. "Quería ponerme en contacto contigo por varias razones. En primer lugar, me gustaría saber qué esperar. Mi primo puede tener veintidós años, pero emocional y socialmente es mucho más joven. Adam es un chico amable y nunca le haría daño a nadie; simplemente no es capaz de hacerlo. Debido a su Asperger, no puede manejar el estrés, y me temo que esto lo va a destruir..." Empecé a llorar, como sabía que lo haría, y me acerqué al fregadero de la cocina para echarme agua en la cara. Tenía que controlarme.

"Entiendo, señorita Quinn -Jamie- y he estado pensando en eso. Adam tendrá que pasar por el arresto y el registro, pero hay algunas cosas que podemos hacer por él. El fiscal del estado querrá un arresto llamativo, pero podemos evitarlo si Adam acepta entregarse. Además, debido a su Asperger, puedo pedirle al juez que designe un abogado ad litem para protegerlo. Por último, puedo asegurarme de que Adam vaya directamente al juzgado para su comparecencia inicial, sin pasar ningún tiempo en la cárcel."

Respiré, aliviada: ¡no hay cárcel! "¿Cómo lo vas a hacer?"

"Creo que el fiscal del estado estará de acuerdo en que perjudicaría su caso si Adam tuviera una crisis nerviosa en la cárcel y acabara en un hospital psiquiátrico".

"¡Estoy tan contenta de que estés de nuestro lado!" Dije. "¿Qué pasará en la audiencia?"

"El juez determinará si hay causa probable para la detención. Si la respuesta es afirmativa, nombrará al abogado de oficio y fijará la fianza".

"Esa era mi siguiente pregunta. ¿Cuánto sería la fianza?" Iba de un lado a otro entre la cocina y el salón.

"Es difícil de decir. Tu primo no es ciertamente un riesgo de fuga, pero esto es un crimen capital y también es una patata caliente política. Haré lo que pueda, pero no puedo prometer nada".

"Entiendo. Para que lo sepas, seré yo quien pague la fianza. ¿Qué pasa después?" Había dejado de pasearme. Ahora me mordía las uñas.

"La audiencia de lectura de cargos suele celebrarse en los 21 días siguientes a la primera comparecencia. En esa vista, Adam se declarará inocente. El juez puede revisar la fianza en ese momento. A continuación, el fiscal del estado revisa el caso y decide si hay suficientes pruebas para proceder. Si encuentran suficientes pruebas, entonces Adam será acusado formalmente. Esto debe ocurrir dentro de los 175 días de la detención". Pude oírla hablar con alguien en el fondo.

"Muchas gracias. No quiero quitarle más tiempo, pero por favor, dígame qué puedo hacer para ayudar... Haré cualquier cosa. Incluso te haré el café y le sacaré punta a tus lápices".

Susan se rió. "¡Qué gran oferta! Pero no es necesario. Hay algo importante que puedes hacer, si está dentro de tus posibilidades. Aquí tenemos un presupuesto ajustado. Si pudieras contratar a un investigador privado para que investigue en busca de información, podría marcar la diferencia. Necesitarás uno que esté dispuesto a ignorar las reglas, pero eso no te lo he dicho yo".

"¡Claro que lo haré! ¿Qué tipo de información necesitas?"

"¿Qué tal si te envío una lista por correo electrónico hoy mismo?", dijo.

"¡Perfecto! No puedo agradecerte lo suficiente". Dije, empezando a llorar.

"Tanto aprecio y aún no he hecho nada", dijo riendo. "Hablaremos pronto, Jamie".

La sonrisa abandonó mi rostro en cuanto colgué. ¿Dónde iba a encontrar a un sucio investigador privado?

31

CAPÍTULO 7

Fiel a su palabra, Susan Doyle me envió la lista por correo electrónico unas horas después. Eran tres páginas de preguntas que parecían imposibles de responder. Sentí tanto pánico como cuando estaba en la facultad de Derecho y soñaba que tenía un examen para el que no había estudiado, en una clase a la que nunca había ido.

Estudiando la lista, me pregunté cómo podría alguien, incluso un detective privado de mala muerte, descubrir algunos de estos datos, como si Spike tenía enemigos o si había estado en alguna discusión la semana de su asesinato. Respiré hondo y volví a mirarlo. En realidad, algunas de las preguntas las podía responder yo misma, utilizando los registros públicos. Antes de abordar esta búsqueda del tesoro en línea, me prepararía un café para garantizar el máximo estado de alerta. Como apenas dormía de todos modos, una taza más no importaría.

Después de barrer las facturas y los papeles de la herencia de mi madre de la mesa, me senté ante el ordenador y busqué la página web de la Secretaría de Sociedades del Estado de Florida. Decidí empezar por ahí. En "entidades corporativas", escribí "The Screaming Zombie", que era el nombre de la tienda de música. Aunque había visto la tienda en la calle Harrison muchas veces, siempre había asumido que era un bar. Cuando no apareció nada, escribí el nombre "Spike" en el apartado de empresas y obtuve una respuesta: "Spike Enterprises, Inc. Y la empresa The Screaming Zombie". Spike aparecía como director. El único otro funcionario era el tesorero, Marian Wolinsky. *Necesito encontrar a Marian Wolinsky,* escribí en un bloc de notas.

Decidí consultar el sitio web de la tienda de música y escribí: *The Screaming Zombie.* Para mi sorpresa, recibí docenas de resultados. ¿Quién sabía que The *Screaming Zombies* era el nombre de un grupo de heavy metal? Por lo visto, todo el mundo lo sabía, menos yo. Encontré clubes de fans y chats en línea, así como vídeos en YouTube y canciones para descargar. Incluso encontré una lista de los mejores baterías de todos los tiempos, y Spike era uno de ellos. Al menos ahora entendía el nombre de la tienda. Aunque los *Screaming Zombies* se separaron en 2001, seguían teniendo muchos fans devotos, todos ellos muy tatuados y con piercings. Vi un vídeo de los Zombies actuando en YouTube y, luego, vi una entrevista con Spike, que me asustó un poco. Aunque nunca hablo mal de los muertos (al menos nunca lo he hecho), haré una excepción con Spike. Después de ver su entrevista, pude sacar ciertas conclusiones: 1) estaba drogado; 2) era un ególatra; 3) era una leyenda en su propia mente; y 4) era desagradable y malo. Sin embargo, dijo una cosa interesante: cada vez que se iba de juerga con la bebida, se llevaba a casa un nuevo pastor alemán. Por su aspecto, debía tener una buena colección...

A continuación, el sitio web real de la tienda de música, donde encontré mucha información. Vi que vendían una gran variedad de instrumentos y que ofrecían clases para muchos más. El único instrumento que no vi en ninguna de las dos categorías fue el didyeridú. Tomé nota en mi cuaderno. *¿De quién era el didyeridú?* A continuación, hice clic en el enlace "Conoce a nuestros instructores" y di con el premio gordo. Aparecían los cuatro instructores (incluido Spike), con los instrumentos que enseñaban y sus fotografías. Imprimí la página y tomé nota para buscar en Google a cada instructor más tarde. Pasé a la sección "Sobre nosotros", que debería haberse llamado "Sobre Spike", porque las cinco páginas le rendían homenaje a él. Leyendo eso, uno pensaría que Spike era el mejor baterista jamás nacido; que había sido la estrella de "The ScreamingZombies", y que la ciudad de Hollywood debería estar agradecida de que eligiera vivir allí.

Debí de quedarme dormida un minuto con la cabeza sobre el escritorio, porque lo siguiente que supe fue que mi móvil estaba sonando junto a mi oreja. Mi tono de llamada es el concierto para violín de Vivaldi, *Primavera,* y estaba soñando que estaba en la sinfonía con mi madre. Me desperté y tanteé el teléfono.

"¿Hola?"

"Jamie, ¿estabas durmiendo? Lo siento mucho".

"Está bien, tía Peg..." Todavía estaba desorientada. Había sido un sueño tan bonito...

"Odio molestarte, pero..."

Me senté, repentinamente despierta. "¿Qué pasa?

"Adam no está bien, tiene pesadillas y apenas come. Se niega a hacer los deberes y a poner música. Su terapeuta le ha recetado medicamentos contra la ansiedad, pero no funcionan. Cree que deberíamos probar la hipnoterapia para ayudar a Adam a superar su experiencia traumática". Mi tía parecía agotada y preocupada.

"¿Puedes darle permiso al terapeuta para hablar conmigo?" Tuve el principio de una idea.

"Por supuesto que sí", dijo, "pero Jamie, tenía otra razón para llamar. Estaban hablando del asesinato en las noticias de las 11:00. Dijeron que Spike fue asesinado con un didyeridú..."

"Yo también lo he oído".

"¡Jamie, no sé cuánto más puedo soportar!" La tía Peg estaba llorando en el teléfono.

"No entiendo", dije.

"Mostraron una foto del didyeridú.... Era de Adam".

CAPÍTULO 8

Las cosas empeoraban, y lo único que yo quería era volver a mi sinfonía imaginaria. ¿Era mucho pedir?

Sé que debería haberle dicho a mi tía lo que estaba pasando cuando tuve la oportunidad, pero no pude hacerlo. Podrías juzgarme por ello... pero tú no estabas allí. Cuando Margaret Muller dice que no puede soportar mucho más, lo dice en serio, y yo no quería ser quien la empujara al límite. Aun así, necesitaba saber cómo había acabado el didyeridú en el despacho de Spike, así que me apresuré a preguntarle a la tía Peg. Su explicación tenía sentido para mí: Adam había estado aprendiendo a tocarlo y quería presumir ante Spike, así que llevó el didyeridú a su clase de la semana anterior. Por desgracia, sabía que mi némesis, Nick, el fiscal del Estado, no lo vería así en absoluto. Para él, sería una prueba de que Adam había planeado el ataque. Pasé unos minutos más consolando a mi tía y, luego, terminé la llamada, prometiendo mantener el contacto.

Aunque era más de medianoche, y oficialmente martes, estaba demasiado excitada para intentar dormir, así que volví a mi búsqueda del tesoro. Primero, busqué en Google a los profesores de música. Había un matrimonio, Steve y Rosa Michaels. Steve enseñaba trompeta y saxofón, y Rosa, flauta y flautín. Mi búsqueda reveló que habían sido novios en el instituto de Hollywood Hills, donde habían tocado juntos en la banda. ¡Qué bonito!

La única otra profesora, aparte de Spike, era Olga González, que enseñaba piano y guitarra. No apareció nada sobre ella. De paso, pensé en buscar a Marian Wolinsky, la tesorera de la corporación de Spike. Encontré que administraba una página de fans dedicada a Spike, en toda su genialidad. Había fotos de Marian y Spike juntos por todos lados. Marian parecía una motera, con chaleco de cuero, vaqueros ajustados, botas negras y muchos tatuajes. En casi todas las fotos, ella miraba a Spike con adoración. Me pregunto cuánto tuvo que pagarle para que hiciera eso.

A continuación, la página web de Broward Clerk, para buscar los registros de los tribunales penales y civiles. No es de extrañar que Spike tuviera más de una docena de multas por exceso de velocidad y otros delitos de tráfico, así como cargos por posesión de drogas desde hacía mucho tiempo. Los registros civiles contaban otra historia: Spike y Spike Enterprises, Inc. (*The Screaming Zombie*), estaban siendo demandados nada menos que por Snake, Slasher y Slime, es decir, Daryl, Marcus y Ricardo, el resto de los Zombies. La demanda era por el uso del nombre de la banda por parte de Spike para su tienda. Los demandantes acusaban a Spike y a Spike Enterprises, Inc. de enriquecimiento injusto, infracción de marca, etc. Eso sí que me sonaba a mala leche, pero ¿era motivo de asesinato? Hice más anotaciones en mi bloc de notas legales.

Mientras estaba en la página web del tribunal, busqué el nombre de Spike en la validación testamentaria y descubrí que alguien ya había abierto un patrimonio en su nombre. Sólo el representante personal podía abrir la sucesión, así que me desplacé hacia abajo para ver quién era. Redoble de tambores, por favor.... era... ¡Marian Wolinsky! Definitivamente tenía que tener una charla con esta señora. También planeé visitar el juzgado para leer el testamento de Spike. Como los beneficiarios de Spike se beneficiarían de su muerte, quería saber quiénes eran. Mi bloc de notas se estaba llenando.

Por último, comprobé los antecedentes penales de todo el personal. Marian tenía algunos cargos por posesión antigua, así como un cargo por alteración del orden público, nada sorprendente. Ella y Spike debían haber salido de fiesta esa noche.

Olga González, la profesora de piano, no tenía antecedentes penales, pero los novios del instituto eran otra historia. Resultó que Rosa Michaels había presentado órdenes de alejamiento por violencia doméstica contra Steve en tres ocasiones distintas, pero luego las desestimó. La más reciente se obtuvo sólo dos semanas antes de la muerte de Spike, y ella había solicitado el divorcio al mismo tiempo. Podría no ser nada, podría ser algo, pero Steve parecía un hombre que necesitaba una clase de control de la ira, o dos...

Ya había tenido suficiente, mi cerebro estaba frito. Citando a la señorita Scarlett, "mañana será otro día". Me metí en la cama, en busca de Vivaldi.

CAPÍTULO 9

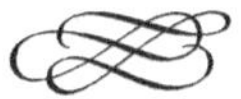

Me desperté demasiado temprano porque el gato, con sus cuatro kilos, saltó sobre mi cabeza, aullando y exigiendo que le diera de comer. Siempre estaba exigiendo algo. No he mencionado antes que tengo un gato porque lo niego. El Sr. Patas era el gato de mi madre y le prometí que lo cuidaría, aunque nos despreciáramos mutuamente. Es decir, el Sr. Patas y yo nos despreciábamos, no mi madre y yo, para que quede claro. Naturalmente, no nos llevamos mejor ahora que estamos los dos solos. Me tomé la libertad de cambiarle el nombre de Sr. Patas por el de Sr. Dolor en el Culo, pero de todos modos nunca responde a nada, excepto al sonido de la comida que se vierte en su cuenco.

Después de alimentar a su alteza real, me di una ducha rápida y me vestí. Me serví el café en una taza para llevar y cogí una barrita de cereales antes de salir corriendo por la puerta. Como puedes ver, no me gusta mucho desayunar. Antes de encender el viejo Mini Cooper, le envié un mensaje a Grace.

"¡Buenos días, cariño! Estaré en el juzgado principal más tarde, ¿estás libre para comer?"

"¡Ojalá! ¿Qué tal si nos encontramos allí para una visita rápida?"

"¡Genial! Tengo mucho que contarte. ¿A qué hora?" Le contesté con un mensaje de texto.

"10.00? ¿Cafetería?"

"Perfecto, nos vemos allí. Yo seré la que tenga la nube negra sobre su cabeza".

"Creo que te reconoceré..."

La cola para entrar en el juzgado era serpenteante y larga, como la mayoría de las mañanas. Eso se debe a que todos los jueces programan sus calendarios de mociones para las 8:45 a.m. Se supone que estas audiencias no relacionadas con la justicia duran sólo cinco minutos, pero nunca es así, lo que hace que las multitudes se desborden en los pasillos. Me hace sentir claustrofóbica y malhumorada. Sabía que tenía que ser un martes porque es cuando el predicador barbudo con gafas de alambre nos honra con su presencia. Allí estaba, de pie en su cajón junto a las puertas del juzgado, gritando consejos que obtuvo directamente de Jesús. Suspiro profundo. No estaba de humor para escuchar proselitismo...

No tuve ningún problema en consultar el archivo testamentario de Spike con el secretario. Lo que esperaba sacar del testamento era una pista que señalara a alguien que no fuera Adam como el asesino. Pero eso no sucedió...

"¡Estás bromeando! No puedo creerlo. Dime otra vez lo que decía el testamento", Grace estaba untando con mantequilla su panecillo de todo. Estábamos en la cafetería del juzgado y la estaba poniendo al día.

"Y me has oído. Spike dejó todo su patrimonio a una organización de rescate de pastores alemanes. El único otro legado fue el que le dejó a su perro, Bestia, y a Marian Wolinsky, con 10.000 dólares para su cuidado". Sacudía la cabeza, asombrada por la generosidad de Spike. Tal vez no era tan imbécil como había pensado.

"¡Adivina!" Dijo Grace. "Así que es bastante interesante lo que has encontrado, esa demanda que presentaron los Zombies, y el profesor de música con el problema de la violencia doméstica. ¿Cuál es tu siguiente paso?"

"Tengo un millón de preguntas para Marian Wolinsky, así que esa reunión tiene que pasar. Además, tengo que encontrar un investigador privado que camine por el lado oscuro, según mi nueva mejor amiga Susan Doyle, y no tengo ni idea de cómo encontrar uno..."

"¡Jamie! Pensé que yo era tu mejor amiga. Voy a dejar pasar eso. ¿Recuerdas mi dicho Zen favorito? Ya tienes todo lo que necesitas". Entonces me miró, expectante.

"¿Qué estás diciendo? ¿Que conozco a un sucio IP?" Tal vez estaba demasiado cansada para entender... entonces mevino a la mente, como un flash. "¿Duke? ¿Quieres que llame a Duke Broussard? De ninguna manera. Es un asqueroso".

"¡Exactamente!" Grace se rió. "Y te lo debe, a lo grande. Le salvaste el pellejo cuando te encargaste de su divorcio. ¿Verdad?"

"¡Dios mío! Su mujer estaba tan furiosa cuando le pilló engañándola, que le denunció a Hacienda, a la Oficina de Buenas Prácticas Comerciales, a la junta de licencias de IP, a los periódicos y a Angie's List. También lo destrozó por todo Facebook y Twitter. Hablando de una mujer despreciada". Me reí.

"¿No compró también una valla publicitaria en la I-95?" Grace miró su reloj y empezó a ordenar la mesa.

"¡Sí, lo hizo! Lo había olvidado. No es la tonta que creía que era, ¿eh? No te preocupes, Grace, yo limpiaré. Tú vuelve al trabajo", dije.

Me dio un beso en la mejilla y se dio la vuelta para irse. "Llámalo, Jamie. Sabes que tengo razón".

"Sí, normalmente la tienes". Dije.

CAPÍTULO 10

Cuando llegué a casa, había dos mensajes parpadeando en mi contestador automático. ¿Desde cuándo soy tan popular? Los escuché mientras ordenaba el correo. El primero era de la tía Peg dejándome el nombre y el número del terapeuta de Adam, el Dr. Simon. El otro era de Susan Doyle preguntando si Adam podría someterse al polígrafo en el futuro. ¡Qué sincronización tan perfecta, qué sincronización! El Dr. Simon era la única persona que podía responder a la pregunta de Susan. Por no mencionar que yo tenía algunas preguntas propias para el buen doctor. Al menos esperaba que fuera un buen médico...

Necesitaba que algo saliera bien, sobre todo porque el testamento de Spike había sido un callejón sin salida. El tiempo *no* estaba de mi lado, y el de los Rolling Stones no podía convencerme de lo contrario. Cuanto más pensaba en ello, más seguro estaba de que el asesinato de Spike había sido un crimen pasional o de oportunidad. Nadie planea matar con un didyeridú, por el amor de Dios, especialmente uno que no estaba allí una semana antes. Tuvo que ser una persona con acceso a la tienda, o alguien que Spike conocía, lo que reducía las posibilidades a lo siguiente:

1) Un robo que salió mal, o
2) Uno de los Zombies, o
3) Un profesor, o
4) Un estudiante (¿padre de un estudiante?) o
5) Alguien que odiaba a Spike por una razón aún por determinar.

Supongo que por eso Susan Doyle me había enviado tres páginas de preguntas. Responda a todas ellas y encontrará a su asesino. Aunque Marian Wolinsky tendría algunas de las respuestas, si quería abordar las preguntas difíciles, tendría que llamarlo, al presidente de su propio club de fans, Duke Broussard.

CAPÍTULO 11

"¿Hola, Duke? Soy..."

"Hola, querida, ¿por qué has tardado tanto en llamar?" Duke era suave. Así es cómo había conseguido casarse tres veces.

"¿Acaso sabes quién es?" Pregunté, riendo.

"Por supuesto que sí, querida. Resulta que Jameson es el nombre de mi whisky favorito *y de* mi abogada favorita. Me gusta mantener la sencillez. Además, te tengo en marcación rápida. Nunca se sabe cuándo vas a necesitar a tu abogada. No puedo estar buscando tu número cuando esté en la cárcel, borracho, ¿verdad?"

"Qué manera de planear con antelación, Duke", *Hombre, esperaba no recibir nunca esa llamada.* "¿Cómo has estado?"

"¡La vida es grandiosa! La única forma de disfrutarla más es si hubiera dos como yo". Duke podría haber sido el chico del cartel de esas camisetas de "La vida es buena", excepto que su figura de palo tendría una cerveza en la mano y una chica a cada lado. De hecho, probablemente estaba en un bar ahora mismo.

"¡Genial! Sabía que te recuperarías de tu divorcio". *Por favor, que recuerde la oferta que me hizo.* Odio pedir favores.

Se rió. "Debería agradecerle a Candy que pusiera mi cara en esa valla publicitaria... conseguí muchos negocios gracias a eso. Y a las damas también les gustó".

Puse los ojos en blanco. Menos mal que no podía verme.

"Entonces, ¿llamas para aceptar mi oferta?", preguntó.

Sí, salté del sofá e hice un pequeño baile. "De hecho, eso estoy haciendo", dije, tratando de mantener la emoción fuera de mi voz.

"Me parece bien, querida. ¿Por qué no te encuentras conmigo en *The Big Easy* en Harrison? Ponen música de blues a partir de las ocho".

¡Pues claro que Duke dirige sus negocios desde un bar! Probablemente también reparten tarjetas de visita para él.

"De acuerdo", dije. "Nos vemos allí. Y gracias, Duke".

"De nada. Sabes, la mayoría de mis citas no me dan las gracias hasta el final, no sé si me entiendes". Casi podía verle mirando a través del teléfono.

"¿Qué? Esto no es una cita..."

Pero ya había colgado.

CAPÍTULO 12

ME VESTÍ CON CUIDADO PARA MI "CITA" CON DUKE, optando por la ropa informal de negocios, como si estuviera asistiendo a un evento en el Broward Bar, en lugar de a un bar real. Y olvídate del lápiz de labios: llevar lápiz de labios cerca de Duke era como agitar una bandera roja ante un toro. Sólo buscabas problemas.

Llegué antes de las ocho y aparqué cerca. Iba demasiado abrigada para el bochornoso clima veraniego, pero no se podía evitar. Al cruzar la calle, vi a Duke sentado fuera en el bar, bebiendo una cerveza. Quién sabe, tal vez vivía allí. Tenía el mismo aspecto de siempre: el pelo castaño arenoso cortado a la altura de los hombros, pantalones vaqueros de diseño y una camisa blanca Tommy Bahama desabrochada para mostrar su collar de dientes de tiburón. Y, por supuesto, bronceado, siempre estaba bronceado. Me pregunté si llevaría sus botas de cocodrilo favoritas. Todavía no me creo que haya matado a ese caimán.... Por lo que pude ver, no había cambiado nada desde que lo vi hacía un año. Me pregunté si yo lo había hecho.

Mientras caminaba hacia la barra, Duke me vio y empezó a sonreír.

"¡Mírese, señorita Jamie, toda una abogada! ¿Tengo una audiencia en la corte que no conozco?"

"Todavía no", dije con una sonrisa, "pero la noche es joven. Puede pasar cualquier cosa".

"¿No es verdad? ¿Por qué no te sientas y te traemos un cóctel?" Le dio una palmada al taburete que tenía al lado. Y dicen que la caballerosidad ha muerto.

"Tomaré un Pinot Grigio", le dije al camarero, antes de dirigir mi atención a Duke. "¿Cómo está el trabajo, manteniéndote ocupado?"

Se acabó la cerveza y pidió otra. "Vamos, Jamie", dijo, mirándome a los ojos. "No me has llamado de repente para preguntarme cómo va el trabajo, ¿verdad? ¿Qué pasa, tienes problemas?"

En ese momento, la banda empezó a tocar dentro del restaurante, así que me paré a escuchar. Estaban tocando una canción de Muddy Waters y eran bastante buenos. Realmente necesitaba salir más...

Le di un sorbo a mi vino. "¿Soy tan transparente?"

"No, chica, ¡sólo soy un maldito buen IP!" Me hizo un guiño y, luego, se rió de su propia broma. Se puede decir que a Duke era fácil divertirlo.

"De acuerdo, pero antes de contarte mi larga historia que involucra a una banda de heavy metal, un asesinato y un fiscal del estado con ambiciones políticas, necesito aclarar una cosa..."

Los ojos verdes de Duke me observaban con atención, le encantaba una buena historia. "¿Qué es eso, querida?"

"Esto no es una cita".

CAPÍTULO 13

"Entonces, supongo que no te importará que le eche un vistazo a las encantadoras damas". dijo Duke, con una mirada de soslayo.

Resoplé. "Como si no fueras a hacerlo de todos modos".

Cuando el camarero señaló mi vaso vacío, asentí. Pensé que qué demonios... esta era mi mayor noche de fiesta en meses, aunque la pasara con Duke Broussard.

"Sólo por curiosidad", dije, "en la llamada de antes, ¿qué oferta creías que estaba aceptando?"

Duke me miró. "Aquella en la que dije: 'Oye, Jamie, salgamos tú y yo a celebrarlo, por fin me he librado de la locura de mi mujer'. ¿Qué creías que quería decir?"

"Oh, recordé una oferta diferente", dije. "Aquella en la que dijiste: ¡Jamie, eres genial! Si alguna vez necesitas mi ayuda para cualquier cosa, llámame".

"Sí, lo recuerdo vagamente", dijo.

"Recordarías más si no estuvieras siempre empapando tu cerebro con alcohol", me burlé.

"¿Qué diversión tendría eso?" Se rió, mostrando su perfecta dentadura. "Bueno, ¿dónde está esa historia que me prometiste?"

Y así, con riffs de blues como telón de fondo, le conté a Duke la historia del asesinato en la tienda de música y su extraño reparto de personajes. Le expliqué lo que había averiguado hasta el momento y cómo, a pesar de la extraña confesión de Adam y de sus huellas en el didyeridú, me jugaría la vida por su inocencia.

"¡Maldita sea, Jamie! Esto parece una película hecha para la televisión. Cuenta conmigo. ¿Qué necesitas que haga?"

Había estado conteniendo la respiración, esperando la reacción de Duke, y finalmente la dejé escapar en un suspiro de alivio. Saqué la lista de preguntas de Susan Doyle y empezamos a trazar una estrategia. Duke investigaría los antecedentes de Spike, de la banda y de todos los que trabajaban en la tienda de música. Si eso no daba resultado, también investigaría a los estudiantes y a sus padres. Cuando empezó a decirme cómo podía conseguir los registros de los teléfonos móviles y de los bancos, me puse los dedos en los oídos y coreé: "La La La".

Duke puso los ojos en blanco. "Vale, lo entiendo, sólo necesito saber la base".

Dije que me reuniría con Marian Wolinsky y el terapeuta de Adam. Estábamos a punto de terminar cuando llegó la compañía. Una bonita pelirroja con un vestido ceñido y tacones de aguja se acercó a nosotros con aspecto furioso. Miró fijamente a Duke y, luego, le dio una fuerte bofetada en la cara. No sé por qué me sorprendió.

"¡Cerdo! ¡No puedo creer que me estés engañando con *ella!*"

"Pero querida, no es lo que parece, ¡esto es un negocio!"

Duke se levantó de un salto y continuó con su parloteo de explicaciones, tratando de coger un respiro.

Tuve que taparme la boca para no reírme. Así fue como conocí a Duke. Su vida parecía ser un largo desfile de mujeres enojadas. Me pregunté si ésta podría permitirse una valla publicitaria...

CAPÍTULO 14

Cuando hablé con el Dr. Simon a la mañana siguiente, estuvo de acuerdo en que teníamos mucho que discutir y sugirió que nos reuniéramos en su oficina de Plantation a mediodía. Plantation está al oeste de Hollywood y a veinte minutos en coche, así que salí a las 11:30, para tener en cuenta el tráfico. Mi GPS indicaba que su oficina no estaba lejos del Hospital General de Plantation. No es una coincidencia que los abogados tengan oficinas cerca del juzgado y los médicos tengan las suyas cerca del hospital; todo el mundo quiere tener fácil acceso en caso de emergencia. Aunque hay diferentes tipos de emergencias...

Además de la pregunta del polígrafo de Susan Doyle, quería preguntarle al Dr. Simon si había una forma segura de interrogar a Adam. Necesitaba saber por qué dijo que lo sentía cuando vio el cuerpo de Spike; qué "cosa mala" había hecho, por qué pensaba que era culpa suya. Adam podría ser la clave para encontrar al asesino, si sólo pudiera comunicar lo que sabía.

La sala de espera del Dr. Simon me recordaba a un estudio de yoga: colores cálidos, música new age con sonidos de la naturaleza entretejidos y una cesta de tés de hierbas junto al refrigerador de agua. No había revistas en la mesa, sólo libros de autoayuda sobre cómo encontrar la felicidad y la paz interior, y algunos libros divertidos de tiras cómicas. El Dr. Simon (o su decorador) dominaba el concepto de Feng Shui. Me sentía realmente armonizado con mi entorno. Y para las personas con espectro autista, como Adam, que no pueden tolerar los estímulos externos perturbadores, esta habitación era perfecta.

Tal vez fuera el relajante capullo de la sala de espera, pero en cuanto conocí al Dr. Simon, sentí que podía confiar en él. Un hombre recto de unos cincuenta años, con una sonrisa atractiva y una franqueza acogedora. Con su pelo salado y pimienta y sus gafas de montura de alambre, me recordaba a mi antiguo profesor de pruebas, el que me dio mi única "C" en la facultad de Derecho. *Intentaré no echarle en cara eso.*

"Hola, Jamie, gracias por venir", dijo, estrechando mi mano. "Vamos a mi oficina para que podamos hablar".

No te aburriré describiendo la oficina; basta con decir que era más de lo mismo. Y las sillas eran súper cómodas. Me preguntaba si su decorador podría hacer que mi casa tuviera ese aspecto...

"Jamie", dijo el Dr. Simon, sin apartar su intensa mirada de mi rostro, "estoy muy preocupado por Adam, creo que está en crisis. Concretamente, está experimentando una disonancia cognitiva provocada por un trastorno de estrés postraumático, o TEPT, para abreviar".

"¿No es el TEPT lo que tienen los veteranos de guerra?" Me retorcí en mi silla. No me lo esperaba.

"Sí, pero puede afectar a cualquiera que haya sufrido un acontecimiento traumático, y Adam quedó gravemente traumatizado por el asesinato de su profesor. Adam es particularmente vulnerable debido a su Asperger.

Simplemente no tiene las habilidades para afrontarlo". El Dr. Simon se quitó las gafas y se frotó los ojos con cansancio.

"¿Qué es la disonancia cognitiva? ¿Es parte del TEPT?" Estaba tratando de entender todo esto.

"La disonancia cognitiva es un sentimiento de malestar que resulta de mantener dos creencias contradictorias simultáneamente. En el caso de Adam, cree que de alguna manera causó la muerte de Spike, pero también cree que nunca haría nada que dañara a las personas que le importan. No puede conciliar estas creencias".

Tenía una opresión en el pecho que no cedía. Era como una garra de hierro que me sacaba el aire de los pulmones.

"¿No hay nada que puedas hacer por él?" Pregunté.

"Hay cosas que podemos probar, pero cada persona reacciona de forma diferente. Una forma de tratar el TEPT es ayudar al paciente a "reencuadrar" la situación traumática para entenderla de una forma nueva. Adam ha tenido pesadillas, y por eso hemos trabajado en la terapia de revisión de los sueños. Esa es una herramienta para reducir el conflicto cognitivo que no aborda el trauma en sí. A veces basta con tratar los síntomas".

"¿Funciona?" Estaba bastante segura de que ya sabía la respuesta.

El Dr. Simon negó con la cabeza.

"¿Y los medicamentos?"

El Dr. Simon se refirió a la tabla en su escritorio. "A Adam no le van bien los medicamentos. En el pasado, hemos probado varios medicamentos contra la ansiedad, así como algunos antidepresivos diferentes. Ninguno de ellos le ayudó, y algunos le hicieron empeorar". Sus hombros se desplomaron en señal de derrota.

No podía aceptar que nos quedáramos sin opciones. "Seguro que hay algo más que puedas probar".

"La hipnoterapia puede ser eficaz en el tratamiento del TEPT, pero *existe* un riesgo. Revivir un acontecimiento traumático, incluso bajo hipnosis, puede causar más trauma. En otras palabras, podría empeorar. Adam es tan frágil en este momento, que temo que pueda volverse suicida. Sin embargo, creo que es su mejor opción en este momento, y su madre está de acuerdo. Estamos planeando empezar mañana".

Tenía los brazos cruzados sobre el pecho y me balanceaba ligeramente en la silla. Me di cuenta de que me estaba consolando como lo hace Adam. Tal vez, en lo más profundo de nuestro ADN, todos estamos programados para responder de esa manera.

Miré al Dr. Simon. "He venido a preguntarle si Adam podría someterse al polígrafo".

El Dr. Simon parecía horrorizado. "¿Está diciendo que es sospechoso del asesinato?" Podía sentir que se me llenaban los ojos de lágrimas. Asentí con la cabeza.

Saltó de su silla, temblando de rabia. "Eso lo destruiría. No lo permitiré".

CAPÍTULO 15

Fue un alivio saber que el Dr. Simon también luchaba por Adam, y se lo dije. Luego, le hablé al doctor sobre mi búsqueda de pruebas para eliminar a Adam como sospechoso y cómo creía que él mismo tenía las respuestas. Si sólo pudiéramos descubrir por qué se sentía tan culpable...

"Exponer las raíces del trauma es uno de los objetivos de la hipnoterapia", dijo el Dr. Simon. "Usted y yo tenemos el mismo objetivo, pero por razones diferentes". Sonrió y me hizo sentir que no todo estaba perdido.

"¿Podría ver tu sesión de hipnoterapia con Adam mañana?"

Negó con la cabeza. "Me temo que no. Aunque su madre me autorizó a hablar libremente con usted, su presencia distraería a Adam. El observador influiría en la observación en este caso".

Entonces, ¡se me ocurrió a mí! Puede que no tuitee, pero no soy una ludita total en lo que respecta a la tecnología. "¿Podría verlo por Skype?"

El Dr. Simon se rió. "¡Claro! Siento no haberlo pensado yo".

Después de discutir los detalles, le hice la pregunta que

me había estado royendo por dentro. "¿Hay algo que puedas hacer para proteger a Adam si presentan cargos la próxima semana?"

Respondió tan rápido que claramente ya lo había pensado. "Si la hipnoterapia intensa no funciona, recomiendo un tratamiento residencial para Adam. El mejor centro para él se encuentra en Nueva York, y tendrá que quedarse al menos 30 días".

Sonreí. Había hecho bien en confiar en el Dr. Simon.

Estaba conduciendo a casa cuando sonó mi móvil. Era Duke.

"¿Ya me echas de menos, querida?"

"No sé cómo he vivido sin ti todo este tiempo". Dije, riendo. "¿Arreglaste las cosas con tu novia?"

"Digamos que estaba muy contenta conmigo antes de que terminara la noche".

"¡Demasiada información, Duke! Oír hablar de tu vida sexual no era parte del trato..." Casi me salté un semáforo en rojo de l ocupada que estaba gritándole a Duke.

"Bien, bien, no te pongas nerviosa. Tengo noticias para ti".

"¡Eso es genial! ¿Qué tienes?"

"Bueno, he investigado a tu chico, Spike. Resulta que su verdadero nombre era Melvin Duane Shiprock. ¿Qué clase de nombre es Melvin?" Duke se reía.

"¿Esto, del tipo que se llama *Marmaduke*?"

"Marmaduke Broussard era el nombre de mi abuelo, quien era el mejor pescador deportivo de Shreveport, Luisiana, que sepas".

"Entonces, ¿tú eres Marmaduke Broussard, el Segundo?"

"Tercero, en realidad".

"Bueno, estoy segura de que tu abuelo estaría orgulloso de

cómo estás continuando el legado familiar", dije, tratando de no reírme.

"Dices la verdad, jovencita. Ahora, volviendo a Melvin, hablé con el dueño de la cafetería de al lado y me dijo que nuestro hombre desayunó allí la mañana que murió".

"Y eso es interesante... ¿por qué?"

"No comió solo. Estaba con otro tipo, y tuvieron una gran discusión".

"¡Vaya! ¿Pero cómo averiguamos quién fue?"

"Muy por delante de ti, querida Le mostré al chico de la cafetería fotos de Steve Michaels, el profesor de música con la orden de alejamiento, y también de los Zombies. Y él identificó a uno de ellos".

"¡Me estás matando, Duke! ¿Quién era?" Acababa de entrar en la entrada de mi casa, pero me quedé en el coche.

"Darryl, el guitarrista de The Zombies".

"¡Gran trabajo, Duke! Eres increíble!" Este estaba siendo un buen día.

"Hay más, querida. La tarjeta de crédito de Spike muestra que cargó una habitación de hotel la noche antes de morir, así que fui allí y hablé con el empleado de recepción. Resulta que Spike tenía una amiga consigo."

Espléndido...

"Le mostré al empleado la única foto que tenía, y ¿adivina qué?"

"Tengo miedo de preguntar..." Dije.

"Era Rosa Michaels, la media naranja de Steve Michaels".

"Entonces, ¿ahora tenemos dos sospechosos? ¿Daryl y Steve?"

"Sí. Y, según los registros del móvil de Spike, habló con ambos la noche antes de morir".

CAPÍTULO 16

"Entonces, ¿qué hacemos ahora?" Estaba tan emocionada que no podía pensar con claridad.

"Bueno, no sé tú, pero yo voy a hablar con Rosa Michaels", dijo Duke.

"Bien, llamaré a Marian Wolinsky y trataré de concertar una reunión con ella. Hazme saber lo que averigües de Rosa. ¿Y, Duke?"

"¿Sí, querida?"

"Intenta no ligar con ella. He oído que tiene un marido celoso". Me reí y colgué antes de que pudiera decir algo.

Ya había pasado la hora de comer y me moría de hambre, así que lo primero que hice al llegar a casa fue prepararme un sándwich: uno de mantequilla de cacahuete, plátano y miel, para ser exactos. Sé lo que estás pensando, estás pensando que suena asqueroso, pero no deberías criticarlo hasta que lo hayas probado. Quiero decir, no es como si te sugiriera que comas un sándwich de sardinas. Sí, hay gente que los come de verdad. Si buscas en Google sándwiches de sardinas, aparecen recetas, no te engaño.

Después de un delicioso postre de chocolate negro (es bueno para mí, ¿verdad? Lo he oído en alguna parte), busqué el número de teléfono de Marian Wolinsky, que había copiado del archivo testamentario de Spike en el juzgado. Pensé en llamar a Grace, pero decidí esperar hasta tener noticias de Duke. Me moría de ganas de saber qué le diría Rosa Michaels.

¿Sabes cómo te imaginas el aspecto de una persona después de escuchar su voz por teléfono? Pues bien, lo contrario también es cierto. Una vez que has visto una fotografía de alguien, crees saber cómo suena. Te cuento esto porque cuando llamé a Marian Wolinsky, la chica motera con múltiples tatuajes, me quedé alucinada. Sonaba como una neoyorquina educada, con una actitud a juego. Pensé que me había equivocado de Marian Wolinsky, pero no, era ella. Cuando le dije que era la abogada de Adam Muller, me dijo: "No tengo nada más que decir, ya he hablado con la policía". Antes de que colgara, le dije que también era la prima de Adam y que nos preocupaba que se suicidara, y que le agradecería unos minutos de su tiempo. Entonces, suavizó su tono y accedió a hablar conmigo, por el bien de Adam. Decidimos reunirnos en el Starbucks de Young Circle a las cuatro y media.

Llegué temprano y esperé a que Marian llegara en una Harley, pero llegó en un VW nuevo, con sus tatuajes discretamente ocultos por mangas largas. Estaba muy maquillada y llevaba el pelo recogido en una coleta alta. Parecía la hermana sofisticada de la chica de la página web. No estaba segura de cuál era la verdadera Marian.

Me presenté, y pedimos un café. Ella tomó el suyo negro, nada de Frappuccino para ella.

"¿Cómo está Adam?", preguntó. "Es un buen chico. A todo el mundo en el Screaming Zombie le gustaba". Golpeaba sus largas uñas sobre la mesa, ansiosa, como si no pudiera esperar a terminar con esto.

"Adam no está bien, siento decirlo. Encontrar el cuerpo de Spike fue un shock para él. Tiene pesadillas y no come..."

Parecía comprensiva. "Bueno, no es de extrañar. Adam y Spike eran tan buenos amigos. Entre la música y los perros, esos dos tenían mucho en común. Adam incluso se llevaba bien con Bestia, que no es el perro más amistoso, créeme".

"Marian, te prometo hacer esto rápido, pero ¿puedes responderme a algunas preguntas?"

"Lo intentaré", respondió sin mucho entusiasmo.

Saqué la lista de preguntas de Susan Doyle. "¿Tenía Spike algún enemigo?"

Se rió con ganas. "Claro, tenía muchos enemigos -era un poco gilipollas- pero nadie que lo hubiera matado".

"¿Le debía dinero a alguien o alguien le debía dinero a él?"

"Nadie le debía dinero, pero los Screaming Zombies pensaban que les debía dinero. No les gustaba que utilizara el nombre de la banda para su tienda. Lo demandaron, pero no pudieron matarlo."

"¿Por qué no?" Pregunté, preguntándome cómo podía estar tan segura.

"¡Porque no tuvieron las agallas! Conozco a esos tipos desde hace mucho tiempo; Spike y yo nos conocemos desde hace mucho, y te digo yo que son demasiado cobardes para eso".

"¿Podría haber sido un robo que salió mal?" Pregunté, siguiendo el guión de Susan.

"No. No faltaba nada. Soy la contable, así que lo sabría". Terminó su café.

Sabía que estaba dispuesta a salir corriendo, así que dejé las preguntas y le pregunté a bocajarro: "¿Quién crees que mató a Spike?".

"Te diré quién lo hizo: creo que fue Steve Michaels. Él y Rosa siempre estaban peleando como locos, gritando y chillando, y ella acaba de pedirle el divorcio. Él estaba súper celoso".

"¿Qué tiene que ver eso con Spike?"

"Estaba acostándose con ella".

CAPÍTULO 17

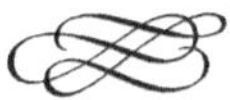

"¿Cuánto tiempo llevaban Spike y Rosa acostándose juntos?" Pregunté.

Una mirada de disgusto cruzó su rostro tan rápidamente que casi me lo perdí. "¿Quién sabe? ¿A quién le importa?", dijo con displicencia.

Me pareció que tal vez le importaba. "¿Tenía Spike otras novias, o ex novias?"

"Era una estrella del rock, ¿qué te parece? Siempre había groupies y zorras a su alrededor".

Se puso el bolso al hombro y empujó su silla hacia atrás para ponerse de pie. Me sentí como cuando estaba en el tribunal y el juez dijo: "Termine, abogado, se nos acabó el tiempo".

"¿Y tú?" Pregunté.

Ella entrecerró los ojos. "¿Y yo qué?"

"Bueno, ¿estuvisteis Spike y tú alguna vez juntos, como pareja?"

Sacudió la cabeza, y su cola de caballo se balanceó de un lado a otro. "Antes nos enrollábamos, pero eso fue hace mucho tiempo. Una historia antigua. En fin, tengo que irme. Buena suerte con Adam, dale mis saludos". Y se fue.

Terminé mi café y tomé un poco de sol mientras pensaba en nuestra conversación. Marian parecía convencida de que Steve era el asesino, pero ¿hasta qué punto era fiable? ¿Tenía sus propios motivos? Mi ensoñación se vio interrumpida por un pitido que anunciaba que tenía un mensaje de texto. Miré mi teléfono y leí: "Para pasar un buen rato, llama a Duke". Luego un segundo mensaje, "¡Satisfacción garantizada!" Pensé que era mejor llamarle antes de que sus mensajes se convirtieran en sexting.

"¿Por qué has tardado tanto, querida?"

"¡Hey Duke! Lo siento, sé que treinta segundos es mucho tiempo de espera. ¿Qué has averiguado?"

"Tú vas primero".

Apoyé los pies en la silla de enfrente y me acomodé. "Marian Wolinsky es un enigma, envuelto en un misterio, dentro de un neoyorquino. No estoy segura de que tenga sus propios motivos ocultos, pero dice que Steve Michaels es el culpable, que estaba celoso porque Spike y Rosa se acostaban juntos".

Duke emitió un silbido de sorpresa. "Eso sólo confirma el lema de la IP: 'Todo el mundo miente'".

Me senté en mi silla. "Ese también es el lema de los abogados, y no lo enseñan en la facultad de derecho. ¿Quién miente?"

"Creo que es tu chica, porque yo creo a la mía. Rosa dice que ella y Spike nunca llegaron a acostarse. La llevó a un hotel para alejarla de Steve, que estaba actuando como un loco y amenazando con matarla. Ella estaba asustada, y la gente no miente sobre estar asustada".

"¿Crees que Steve mató a Spike?"

"Esa es la parte divertida, ella no lo cree. Dijo que él nunca amenazó a nadie más. Era muy celoso, pero siempre se desquitaba con ella".

"¿Pero por qué mentiría Marian? Tal vez ella realmente creía que estaban durmiendo juntos. Quiero decir, si los vio ir a un hotel, por supuesto que pensaría eso. Entonces, ¿qué debemos hacer ahora?"

"Déjamelo a mí, querida. Averiguaré dónde estaba Steve en el momento del asesinato. Y no descarto al tipo Zombie, Daryl. También lo investigaré".

"¡Gracias, Duke! Sigo pensando que Adam sabe algo. Voy a ver su sesión de hipnoterapia mañana por la mañana. ¿Por qué no nos ponemos en contacto después de eso?"

"Querida, puedes ponerte en contacto conmigo cuando quieras. No me importaría en absoluto".

CAPÍTULO 18

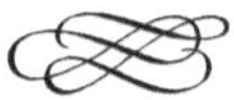

Acababa de llegar a casa y estaba a punto de darle de comer al gato que ni siquiera pretendía gustarme cuando Grace llamó.

"¡Vaya! Debes ser psíquica. Estaba a punto de llamarte..." Dije

"Jamie", dijo Grace, "no vas a creer esto. Acabo de hablar con Susan Doyle... ¡dijo que Rosa Michaels fue atropellada y asesinada esta tarde! Los testigos dicen que el conductor iba a por ella. Su marido Steve ha sido arrestado y quieren culparle también del asesinato de Spike. Su teoría es un triángulo amoroso que salió mal. Así que, Adam está fuera de peligro por ahora, tal vez para siempre".

"No sé ni qué decir..." Me senté en mi sillón, tratando de asimilar este bombazo.

"¿No estás contenta? Es una gran noticia".

"No para Rosa Michaels", señalé.

"Lo sé, lo sé. La pobre chica... se casó con un asesino. Pasa demasiado a menudo. ¿Vas a llamar a tu tía para darle la noticia?"

La cabeza me daba vueltas. "Sí, lo haré. Estará aliviada. Ella no sabía que Adam estaba a punto de ser acusado, pero estoy segura de que estaba preocupada por ello. Su principal preocupación sigue siendo Adam... es un desastre".

"¿Tal vez si sabe que arrestaron a Steve, se sentirá mejor?" Grace sugirió.

"No lo sé; se lo dejaré al Dr. Simon. Ya he intentado jugar a los detectives; ¡no estoy preparada para incursionar en la psicoterapia!"

"¿Qué tal una terapia de compras?" Grace se rió.

"Eso, puedo manejarlo". Le dije. Quedamos en reunirrnos para ir de compras y cenar el fin de semana siguiente y colgamos.

Me sentía en conflicto. Me sentía aliviada de que Adam no fuera a ser arrestado, pero seguía sintiendo que faltaba una pieza del rompecabezas. Decidí no decírselo a Duke de inmediato: dejé que terminara de comprobar el paradero de Steve en el momento del asesinato. Y Adam seguía sufriendo. No estaba segura de que la detención de Steve fuera a suponer una diferencia para él. Sabía que estaría contando las horas hasta su hipnoterapia a la mañana siguiente. Me acomodé para una larga noche.

CAPÍTULO 19

 mañana. Aunque debía de haber dormido *algo* entre las reposiciones de "Friends" y "30 Rock", no lo parecía. Estaba nerviosa, pero no sabía por qué. Me habría venido bien un poco de alivio cómico en ese momento. ¿Dónde estaba Duke cuando lo necesitas?

A las 10:00, llamé al Dr. Simon por Skype y confirmamos que podíamos vernos y oírnos. Después, colocó temporalmente una toalla sobre la pantalla para que Adam no me viera cuando entrara. La retiró después de que Adam estuviera cómodamente tumbado en el sofá.

Contrariamente a la creencia popular, no se requiere ningún objeto brillante para la hipnosis. Era simplemente un ejercicio de relajación profunda en el cual el Dr. Simon hacía sugerencias con una voz tan suave como el algodón. Adam parecía estar dormido, pero aún era capaz de responder a las preguntas. Primero, el Dr. Simon le pidió que calificara su ansiedad en una escala del 1 al 5 con una descripción específica para cada número. Luego, le dijo a Adam que se imaginara a sí mismo montando en un ascensor en un edificio con cinco pisos y que él era el único que podía pulsar los botones. Si empezaba a sentirse ansioso, lo único que tenía que hacer era subir en el ascensor a un piso inferior.

"¿Te gustan los ascensores, Adam?" Preguntó el Dr. Simon.

"Sí..."

"No te olvides de pulsar los botones cuando lo necesites, Adam. Estás en un lugar seguro. Nada puede hacerte daño aquí. ¿Te sientes seguro ahora?"

"Me siento seguro".

A continuación, el Dr. Simon le hizo algunas preguntas neutras sobre sus perros antes de formular la siguiente pregunta.

"¿Conoces a un perro llamado Bestia?"

"El perro de Spike. Como el baterista... Led Zeppelin".

"¿Te gusta Bestia?"

"Bestia es un buen perro. Le gusta jugar".

"¿Cuándo fue la última vez que viste a Bestia, Adam?"

Adam comenzó a agitarse. "Le oigo ladrar... está molesto. ¿Por qué ladra? ¿Dónde está Spike? ¡No puedo entrar ahí! ¡No, no!"

El Dr. Simon se echó atrás. "Está bien, Adam. No tienes que entrar ahí. No te olvides de los botones del ascensor. Respira hondo y déjate llevar. Pulsa el botón número uno y baja en el ascensor. ¿Te sientes mejor?"

"Sí..."

"Ahora, Adam, no tienes que entrar en la habitación donde está Bestia, pero necesito preguntarte sobre ese día, ¿vale?"

No hay respuesta.

"Adam, dijiste que hiciste algo malo. ¿Qué fue lo malo?"

Las lágrimas comenzaron a rodar por la cara de Adam.

"Adam, escúchame. Sé que crees que hiciste algo malo, pero

no lo hiciste. Tal vez cometiste un error, pero no hiciste nada malo. ¿De acuerdo?"

No hay respuesta.

"Adam, por favor, repite después de mí. No he hecho nada malo".

Adam empezó a mover la cabeza de un lado a otro.

"Adam, escúchame". El Dr. Simon dijo suavemente. "No has hecho nada malo. Estoy seguro de ello. Ahora, ¿puedes repetir después de mí?"

"De acuerdo".

"¿Puedes decir esto por mí? No he hecho nada malo".

En una voz tan baja que casi no pude oírle, Adam dijo: "No he hecho nada malo".

"¡Bien! Ahora, ¿qué fue lo malo?"

"¡No quise hacerlo! Lo siento, Spike. Es mi culpa, toda mi culpa".

"Adam, escúchame. Vamos a fingir que eres una mosca. ¿Puedes hacerlo?"

"Sí".

"¿Puedes sentir tus alas de mentira?"

"Ajá."

"Bien, ahora eres una mosca y estás viendo a Adam hacer lo que cree que es malo. Háblame de ello. Eres una mosca que puede hablar... sólo finge".

"Adam está tocando música con Spike. Se están riendo. Adam pregunta "¿Cuál es tu canción favorita, Spike? Spike sonríe. Dice que 'Rosalinda's Eyes'... le recuerda a Rosa..."

"¿Quién es Rosa?" Pregunta el Dr. Simon.

"Es profesora. Es bonita".

"Entonces, ¿qué pasó? Recuerda que sigues fingiendo que eres una mosca".

"Adam le pregunta a Spike si quiere a Rosa. Spike dice que sí. Pero es un secreto... no lo cuentes".

"¿Entonces qué pasó?"

"¡Adam rompió su promesa! ¿Por qué hiciste eso, Adam? Eres malo".

"¿Cómo rompió Adán su promesa?" El Dr. Simon le preguntó.

"¡Lo ha contado! Lo prometió, pero lo contó de todos modos..."

"¿A quién se lo dijo Adam?"

No hay respuesta.

"Estoy hablando con nuestra mosca de mentira ahora, Sr. Mosca, ¿a quién se lo dijo Adam?

"¡Tan enfadado! ¡Fotos rotas, afiladas! Me duele el dedo... ¡Lo siento, lo siento, lo siento!"

"¿Quién está enfadado?"

"No puedo decírtelo".

"Adam, ¿le contaste a Steve el secreto?"

"No."

"¿A quién se lo has contado?"

Adam empezó a tirarse del pelo. "¡Estaba tan enfadada!"

"Respira profundamente. Pulsa el botón y baja en el ascensor. ¿Puedes hacerlo?"

"Sí".

"¿Te sientes mejor, Adam?" El Dr. Simon hablaba en voz baja.

"Mejor..."

"Vamos a jugar a las adivinanzas, ¿vale? ¿Fue Rosa, se lo dijiste a Rosa?"

"No... Rosa es agradable".

"Está bien si la mosca me dice quién estaba enfadada".

Adam empezó a temblar y a llorar. "¡Spike está muerto! Spike era mi mejor amigo..."

"Adam, ¿has herido a Spike?"

"¡NO!"

"Entonces no es tu culpa. ¿Me oyes? No es tu culpa. Repite conmigo: no es mi culpa".

"Es... es.... no... m-m-mi culpa..."

"Ahora dime, Adam, ¿quién estaba enfadada?"

"Fue... ¡Marian!"

CAPÍTULO 20

¡Marian debe haber matado a Spike! Justo ayer, había estado charlando con ella y tomando café. Sentí un escalofrío en la columna vertebral. Ahora, ¿qué hago?

Vi cómo el Dr. Simon sacaba a Adam de su estado hipnótico. Me preocupaba que Adam se sintiera peor después de todo lo que había pasado, pero, para mi sorpresa, parecía estar mejor. No despreocupado, más bien como si se hubiera quitado un peso de encima. Incluso le dedicó una media sonrisa al Dr. Simon. Aunque ahora era mucho más alto, Adam seguía pareciéndose a ese niño dormilón que yo solía cuidar, leyendo cuentos de animales bajo las sábanas antes de quedarse dormido.

Uno pensaría que sabría qué hacer a continuación, teniendo en cuenta todos los misterios que he leído y todos los programas de televisión que he visto, pero no tenía ni idea. Lo que sí sabía era que tenía que decírselo a Grace. Odiaba hacerlo por mensaje, pero ella estaba en el trabajo y no podía esperar. La paciencia no es mi fuerte.

Hey G, ¡las cosas se han puesto interesantes! Adam tuvo un avance bajo hipnosis y nos contó la cosa "mala" que hizo, la que hizo que mataran a Spike.

¡OMG! ¿Por qué me dejas colgada así? ¿Por qué tan mezquino?

¡¡LOL!! Reveló un secreto que Spike le pidió que no contara, el secreto era...

Voy a matarte!!!!

El secreto era que Spike estaba enamorado de Rosa. Adam lo contó y se lo dijo a alguien que se enfadó mucho, mucho ....

Pagarás por esta tortura. Te lo prometo.

Redoble de tambores, por favor: ¡¡¡Fue Marian!!!

¡¡¡De ninguna manera!!!

¡Sí! Y ahora puedo añadir "charla de café con un asesino" a mi currículum.Tal vez pueda conseguir un trabajo en el sistema penitenciario.

¡Vaya! ¿Pero cómo sabes con seguridad que era ella?

No lo sé, pero mi instinto me dice que es ella. Y Adam lo cree.

Tienes que ir al fiscal del estado con esto.

¡Pero odio a ese tipo! ¡No me hagas hablar con él!

Jamie....

Suspiro. Bien, pero acabas de arruinar mi día.

Ahora estamos en paz. ¡Lol! ¡Buena suerte!

Sólo tardé un minuto en darme cuenta de que no podía ir a ver a Nick, el fiscal del estado, y acusar a Marian de haber matado a Spike en un ataque de celos, no porque fuera mi archienemigo, haciendo de Magneto a mi Profesor Xavier, sino porque nunca me creería. Es decir, ¿qué pruebas tenía? ¿Porque mi primo hipnotizado, traumatizado y autista lo dijo? Eso no iría bien. Lo que necesitaba era una prueba. Necesitaba a Duke, ¡maldita sea!

De todos modos, ¿dónde estaba? Era raro que no tuviera noticias suyas, ni siquiera un mensaje de texto lascivo. Le llamé, pero me saltó el buzón de voz. Le envié un mensaje de texto y no obtuve respuesta. Me preparé una tostada y llamé al único sitio que se me ocurrió.

"Siempre es Mardi Gras en The Big Easy, soy Brendan, ¿en qué puedo ayudarle?

"Hola Brendan, estoy buscando a Duke Broussard, ¿lo has visto?"

"Um, bueno... ¿Duke?" Pude escuchar a Duke en el fondo diciendo "No estoy aquí".

"¿Brendan?"

"Sí, señora. Lo siento pero..."

"Brendan, soy la abogada del Sr. Broussard y debo hablar con él inmediatamente. Por favor, ponle al teléfono".

"Sí, señora, de acuerdo... bien, aquí está".

Oí que el teléfono cambiaba de manos, y entonces Duke dijo hola, pero no sonaba bien, en absoluto.

"¿Duque? ¿Qué pasa? ¿Estás enfermo, necesitas que te lleve al hospital?"

"No necesito ningún hospital". Estaba arrastrando las palabras, como si hubiera estado bebiendo mucho. Algo estaba mal. El alcohol deprime a algunas personas, pero no a Duke. Normalmente era el borracho más feliz del planeta.

"¡Quédate ahí, Duke! Te veré en cinco minutos". Me puse unos vaqueros y una camiseta, me subí al coche y corrí hacia The Big Easy. Solía llevar una vida tan tranquila, ¿qué demonios había pasado? Parecía que tenía que lidiar con una nueva crisis cada día. Tal vez debería conseguir una sirena para el techo de mi coche, y pintar el panel de la puerta para decir: "¡Aguanta, estoy en camino!"

¡Oh, Duke! Se suponía que debías salvarme, no al revés...

CAPÍTULO 21

Cuando llegué a The Big Easy, vi un enjambre de moscas de bar revoloteando por el bar exterior, la mayoría turistas, pero ninguna señal de Duke. Entré, con la misión de rescatar a Duke de sus demonios, de sí mismo o de lo que fuera. Estaba oscuro después del resplandor del exterior y tuve que esperar a que mis ojos se adaptaran. Entonces, lo vi, encorvado sobre la barra, donde parecía haber estado toda la noche. Sin afeitar, llevaba la ropa arrugada y un aire de desesperación.

Le toqué ligeramente en el hombro. "Duke, ¿estás bien? ¿Ha pasado algo?"

Sacudió la cabeza, demasiado miserable para hablar.

Me senté a su lado. "¿Hay algo que pueda hacer por ti?" Ni una sola sugerencia lasciva salió de su boca... y eso que le había dado el marco perfecto. Algo estaba muy mal. Me senté con él durante un rato, sin que ninguno de los dos dijera nada. Brendan, el camarero, me trajo un vaso de agua. Después de unos quince minutos, Duke me miró con lágrimas en los ojos.

"Podría haberla salvado, Jamie. Esa dulce chica me dijo que estaba asustada, que intentaría matarla... pero yo le dije: 'No te preocupes, estarás bien'. ¡Y ahora está muerta, Rosa está muerta! Ese bastardo celoso la mató. Igual que mató a Spike". Duke apoyó la cabeza en la barra, derrotado.

"¡Duque! No es tu culpa", dije, dándole una suave palmadita en la espalda. "Y Steve no mató a Spike".

Duke me miró como si estuviera loca. "¿Qué demonios estás diciendo, Jamie?"

"Fue Marian. Ella misma tenía un pequeño problema de celos".

"¡Maldita sea, Jamie! ¡Esta gente está loca!"

"¡Eso es mucho decir, viniendo de ti, Duke!" Me reí, y entonces él también lo hizo.

"¿Por qué estás aquí, de todos modos?", preguntó, animándose un poco.

"He venido a salvar tu cuerpo. Bueno, a la mayor parte de tu cuerpo. Tu hígado es una causa perdida, me temo".

Incluso Brendan, el camarero, sonrió ante eso.

"En realidad", dije, "he venido a decirte que Adam ya no es sospechoso, pero todavía necesito tu ayuda. Si vamos a acabar con Marian, necesito pruebas que pueda llevar al fiscal del estado, esa comadreja engreída. ¿Te apuntas?"

"Claro que sí, querida. Pero, ¿qué te parece si primero desayunas algo? ¿Qué vas a tomar, un Bloody Mary o una Mimosa?"

CAPÍTULO 22

Después de desayunar huevos revueltos con una guarnición de sémola (sin la Mimosa), ayudé a Duke a encontrar un taxi que le llevara a casa; no estaba en condiciones de conducir. Luego, me dirigí a casa de la tía Peg; quería ver cómo estaba Adam después de su dura mañana, y poner a mi tía al día.

Mi tía abrió la puerta antes de que pudiera llamar y me hizo pasar. Me dio un rápido abrazo y me susurró: "Hola, Jamie".

Yo le susurré: "¿Por qué estamos susurrando?"

Señaló el sofá donde Adam dormía con Angus, el terrier escocés, dormitando sobre su pecho, y Bono, el setter irlandés, desplomado en el suelo. La seguí hasta la cocina, donde pudimos sentarnos a charlar.

"¿Cómo está después de esta mañana?" Le pregunté.

Sonríe. "El Dr. Simon está muy contento con cómo está progresando. Cree que, con el tiempo, Adam volverá a ser el de antes. De hecho, mientras conducíamos a casa, Adam dijo: "Mamá, echo de menos a Spike".

"¡Estoy tan feliz de escuchar eso! Y tengo más buenas

noticias para ti: el fiscal del estado no cree que Adam tuviera nada que ver con el asesinato de Spike. Cree que fue Steve Michaels, el profesor de música". Decidí no meter a Marian en el asunto.

"¡Oh, gracias a Dios! Pero, pobre Rosa... escuché en las noticias que la habían matado, ¿creen que también fue Steve?"

"Así es".

Sacudió la cabeza con tristeza. "Jamie, era la mujer más agradable, tan amable y cariñosa... ¡qué tragedia!"

"No la traerá de vuelta, pero confío en que la justicia prevalecerá".

"Eso espero", dijo mi tía.

Mientras nos despedíamos, se me ocurrió algo. "La última vez que estuve aquí, me olvidé de mirar las "cosas de música" de Adam en su habitación. Me siento mal, ¿qué quería mostrarme?"

La tía Peg lo pensó por un segundo. "¡Oh, ya sé lo que era! Quería enseñarte las grabaciones de vídeo de él tocando diferentes instrumentos".

"Oh, ¿se graba a sí mismo?"

"No, Spike grabó todas sus lecciones".

CAPÍTULO 23

"No estoy segura, pero creo que Spike instaló una cámara en el techo para grabar todas las lecciones".

"Es bueno saberlo".

Nos despedimos después de haber prometido que iría a cenar el domingo. ¡Mi tarjeta de baile estaba llena estos días!

Lo que tenía que hacer a continuación era tan desagradable que casi me convencí de no hacerlo. *Acabar de una vez, Jamie, como arrancar una tirita.* Así que lo hice. Fui a casa y lo llamé, al sarcástico fiscal del estado, mi enemigo jurado, Nick Dimitropoulos. Ni siquiera dijo "Hola". Qué tipo tan agradable.

"Si llamaste para leerme más estatutos, Quinn", dijo, "no te molestes. Tenemos un nuevo sospechoso".

En cuanto oí su voz, me lo imaginé, desde su pelo engominado hasta sus brillantes zapatos. Sentí que me subía la tensión.

"Bueno, Nick, ¿sabes que la última vez te equivocaste de hombre? Pues ya tienes dos de dos. Steve Michaels no es el asesino".

"En primer lugar, no he dicho que tu cliente haya sido absuelto como sospechoso y, en segundo lugar, ¿por qué te importa si tenemos al tipo equivocado? ¿O también es tu primo?" Casi pude ver cómo se burlaba a través del teléfono.

"¿Y qué si Adam es mi primo? No es que haya mentido sobre él. Y me importa porque el verdadero asesino sigue ahí fuera. ¿No es tu trabajo proteger al público?"

"Estás pensando en la policía, pero entiendo tu argumento. ¿Quién es, entonces?" Parecía realmente curioso.

"No es un tipo en absoluto. Es una mujer... Marian Wolinsky. Era la contadora de Spike y su ex novia amargada".

"Interesante teoría, Quinn, pero ¿dónde están tus pruebas? Estoy seguro de que sus huellas y su ADN están por toda la escena del crimen, quizá porque trabajaba allí".

"¿Siempre eres así de sarcástico o yo soy especial? La prueba está en la cámara que Spike escondió en el techo. Puede tener el asesinato en la película".

Toma eso, hijo de puta engreído, pensé.

"Lo comprobaré, Quinn... y... gracias por el consejo".

"De nada". Eso fue una sorpresa. Tal vez había esperanza para él. Todo es posible.

Después de colgar, me pregunté: ¿y si la cámara no hubiera estado grabando? ¿Y entonces qué?

CAPÍTULO 24

Estaba claro que necesitaba un plan B, así que me senté ante el ordenador y abrí la página web del departamento de vehículos de motor de Florida. Sabía que Marian conducía un Volkswagen Jetta plateado porque lo había visto en Starbucks, pero quería saber qué conducía Steve Michaels. Resultó ser un Toyota Corolla, también plateado. Busqué la noticia del asesinato de Rosa y me enteré de que había sido un pequeño coche plateado el que la había atropellado. Ninguno de los testigos pudo identificar la marca del coche, ni si el conductor era un hombre o una mujer. Mirándolos uno al lado del otro, vi que el Corolla era muy parecido al Jetta. ¡Claro que lo era! Porque nada es fácil. Pero entonces tuve que preguntarme, si Adam ya no era sospechoso, ¿por qué no lo dejaba estar?

Si me alejaba, podría volver a mi vida y no tener que lidiar nunca más con Slick Nick, ni correr por la ciudad en busca de Duke. Pero yo sabía la respuesta. No podía volver a mi antigua vida porque no tenía vida. Había estado viviendo en las sombras, sin hacer nada, sin ver a nadie, simplemente existiendo. Lo único que hacía era traquetear por una casa vacía todo el día, haciéndole compañía a un gato que me siseaba. Y, sin contar el estrés, el pánico, el miedo y el agravamiento que había sufrido en las últimas semanas, esto era lo mejor que me lo había pasado en años. Y era un reto al que podía hincarle el diente. Cuando esto terminara, necesitaba volver al mundo. ¿Por qué no lo había visto antes?

Mientras contemplaba mi vida, me dirigí al congelador en busca de algo para calentar en el microondas. Era la hora de la cena y me moría de hambre. Mientras esperaba a que mi burrito vegetariano se cocinara, le di de comer a mi desagradecido gato. Entonces, oí un pitido y pensé que mi burrito estaba hecho, pero era Duke quien llamaba a mi móvil.

"Oye, querida, sólo tengo una pregunta."

"¿Qué?"

"¿Dónde diablos está mi coche?"

CAPÍTULO 25

"¿De verdad no te acuerdas?" pregunté.

"Bueno, más o menos, algo así. No realmente..." Duke sonaba avergonzado.

"Cielos, Duke. Tal vez sea hora de un programa de doce pasos. Te fuiste a casa en taxi porque estabas borracho, así que... ¿dónde está tu coche?"

"¿El Big Easy?"

"Sí". Saqué mi burrito del horno y lo cubrí de salsa.

"¿Puedes llevarme hasta allí por la mañana?"

"Claro que sí", dije, y entonces le puse al día de todo lo que se había perdido: La revelación de Adam bajo hipnosis, la cámara de Spike en el techo, mi conversación con Nick D., y los dos coches plateados que se parecían.

Duke silbó entre dientes. "Esta historia es cada vez más extraña. Cuando me recojas mañana, pararemos en ese hotel en el que se alojó Rosa. Tengo una idea".

"¿Hablas en serio, o es una de tus frases para ligar menos subidas de tono?"

"¡Ay, eso duele! Por supuesto que estoy hablando en serio.

Lo sabrías si fuera una frase para ligar. Nadie me ha acusado nunca de ser sutil".

Me reí. "Si lo hicieran, estarían mintiendo".

Duke vivía en un cuádruple en la calle Roosevelt. Parecía bastante bonito, el patio estaba cuidado, y había una bicicleta de niño delante de la puerta más lejana. Cuando se deslizó en el asiento del copiloto, no parecía estar en mal estado. Estaba bien afeitado y olía bien.

"Hola, ¿te va bien hoy?", dijo.

"¿No podría ser mejor, tú?"

"Estoy listo para patear algunos culos", dijo.

"Entonces, ¿un día normal?" Sonreí.

Se rió. "Así es, querida."

"¿A dónde?"

Duke me llevó a un pequeño hotel llamado Villa Alfredo en la A1A, cerca de la playa. Me pidió que esperara en el coche mientras él entraba. Encendí la radio y escuché las noticias en NPR. Se fue un buen rato, pero cuando volvió, estaba sonriendo.

"Escúpelo", dije.

"¡Lo tengo! Los testigos dicen que Steve Michaels estuvo aquí la mañana que mataron a Spike. Él no lo hizo".

"¿Qué estaba haciendo aquí?" Pregunté. "¿Y por qué se acordarían de él?"

"¡Porque los estaba espantando! Se sentó en su coche frente al hotel toda la mañana. Debe haber estado acechando a Rosa".

"¡Eso es una gran noticia! Cuidado Marian; nos estamos acercando a ti. ¡Duke, eres el mejor!"

Duke sólo sonrió y asintió con la cabeza. "Eso es lo que dicen todas las chicas, querida".

CAPÍTULO 26

Quiero contarle esto. Además, me muero por saber si encontraron la cámara de video de Spike".

"Claro, lo que sea".

Fue imposible pasar por la secretaria de Nick. Insistió en que necesitábamos una cita y no cedió. Le dije "no hay problema" y nos fuimos. Pero, una vez en el pasillo, llamé a Nick a su extensión directa y le dije que tenía información para él. Cuando aceptó verme, le pedí que se lo hiciera saber a su secretaria. Fue un déjà vu volver a su escritorio, salvo que esta vez la mujer nos miraba con el ceño fruncido. Sin mediar palabra, nos hizo pasar y, luego, cerró la puerta con un gesto de enfado.

"Sí que sabes hacer amigos, Quinn, lo digo por ti. ¿Qué pasa?" Preguntó Nick.

"Nick, este es Duke Broussard, es un investigador privado que me ha estado ayudando. Duke, por favor, dile a Nick lo que has descubierto esta mañana".

Cuando Duke terminó, Nick parecía impresionado.

"Es un buen trabajo, pero aún tenemos un problema para probar que Marian lo hizo. Podemos ubicarla en la escena, pero le dijo a la policía que había llegado después del asesinato".

"¿Y la cámara, la has encontrado?" pregunté, literalmente al borde de mi asiento.

Nick frunció el ceño. "Sí y no. La cámara *estaba* allí y grababa, pero no captó el asesinato. Deben haber estado fuera de alcance".

Los tres nos sentamos allí, absorbiendo esa información. Y entonces algo hizo clic en mi cerebro.

"Siguen siendo buenas noticias", dije.

"¿Qué demonios, Jamie?" murmuró Duke.

"¿Cómo lo sabes?", preguntó Nick.

"¡Marian no sabe lo de la cámara! Si lo supiera, la habría borrado o quitado", dije.

"¿Y qué? dijo Duke.

Me limité a sonreír. "Mirad y aprended, chicos". Saqué mi móvil y llamé a Marian. Todavía tenía su número en mi teléfono desde nuestra reunión en el Starbucks. Mi llamada fue directamente al buzón de voz, como esperaba que fuera.

Después de la señal, dije: "Soy Jamie Quinn, siento molestarle, pero tengo una pregunta rápida. Adam me dijo que Spike tenía una cámara en el techo para grabar sus clases. Antes de decírselo a la policía, quiero saber si es cierto. ¿Podría decírmelo? Gracias".

Me volví hacia Nick. "Tienes que enviar a alguien a The Screaming Zombie porque va a ir allí a coger esa cámara".

Duke puso cara de asombro. "¿Cómo sabes que escuchará el mensaje?"

"Porque es precavida", dije. "Necesita saber si alguien está tras ella, así que, por supuesto, escuchará su buzón de voz. Cuando se entere de lo de la cámara, correrá hacia allí para destruirla. No sabe que no hay nada en ella". Debo admitir que me sentía bastante engreída.

Nick se recostó en su silla y sonrió. "No está mal, Quinn", dijo. Luego, cogió el teléfono de su escritorio e hizo algunas llamadas. Cuando terminó, la trampa estaba preparada. Sólo había que esperar a que Marian hiciera su movimiento.

CAPÍTULO 27

"¡Casi se cae de la escalera cuando la policía irrumpió!"

Grace y yo estábamos sentados en su despacho y yo le contaba cómo había sido más lista que Marian. En realidad, cómo *habíamos burlado a* Marian porque, sin Grace y Duke, Susan Doyle y Adam, la tía Peg y sí, incluso Nick Dimitropoulos, Marian se habría salido con la suya.

"¡Me encanta! Habría pagado dinero por ver su cara", dijo Grace.

"Pero espera, hay más", dije.

"Estoy esperando", dijo Grace, tamborileando con los dedos sobre el escritorio. "Y tampoco con paciencia".

"No sólo se llevaron a Marian, también su coche, y resultó ser el otro arma homicida". Dejé que eso se asimilara.

Grace jadeó. "¡Ella también mató a Rosa!"

"Estaba loca de celos. Creía que Spike y Rosa se acostaban. Probablemente eso no le hubiera importado tanto, en realidad, ya que Spike se acostaba con muchas, pero, cuando Adam le dijo que Spike estaba enamorado de Rosa, Marian perdió totalmente la cabeza".

Grace se quedó pensativa. "Entonces, realmente había un triángulo amoroso, sólo que no el que pensábamos. Marian amaba a Spike, Spike amaba a Rosa, ¿y Rosa?"

"Ella seguía amando a Steve, su novio del instituto, incluso después de que él fuera tan abusivo".

"¿Pero qué pasó con Spike, lo sabemos?"

"Esta es la línea de tiempo: la noche antes del asesinato, Spike llevó a Rosa a un hotel para protegerla de Steve. Sabemos que Spike recibió llamadas esa noche tanto de Steve como de Daryl, uno de los Zombies. Probablemente Steve estaba buscando a Rosa. A la mañana siguiente, Spike desayunó con Daryl en la cafetería de al lado y tuvieron una discusión. Después de desayunar, Spike fue a la tienda de música donde Marian le esperaba. Ella estaba furiosa porque pensaba que había pasado la noche con Rosa. Empezó a gritarle y, luego, perdió los papeles, cogió el didyeridú de Adam y le dio un golpe en la cabeza a Spike. Cuando se dio cuenta de lo que había hecho, salió del edificio para fingir que había llegado más tarde. El pobre Adam entró unos minutos después y encontró a Spike muerto en el suelo".

"¡Vaya! Menuda historia", dijo Grace. "No se pueden inventar cosas así. Quiero decir, ¿quién hubiera imaginado que un didyeridú podría ser un arma mortal?"

"¡Nadie, sobre todo porque nadie sabe siquiera lo que es un didyeridú!" Me reí.

"Creo que es una gran excusa para salir a celebrarlo", dijo Grace.

"¿Desde cuándo necesitamos una excusa?" Pregunté. En ese momento, sonó mi teléfono. Miré el número y le dije a Grace: "Lo siento, tengo que atenderlo".

"¿Qué puedo hacer por ti, Nick? ¿Está bien si te llamo Nick? En realidad nunca te lo he preguntado". Me reí. "Ya veo, está bien, no hay problema. Ahora mismo voy".

Miré a Grace: "¿Te importa si hacemos una parada antes de ir a celebrar?"

CAPÍTULO 28

Llamé a la puerta de la tía Peg. Adam respondió, con mejor aspecto del que había visto en mucho tiempo.

"¡Hola, Jamie!" Dijo, dándome un abrazo. "No sabía que ibas a venir".

"¡Hola, Adam! ¿Puedes ayudarme a descargar mi coche?"

"Claro, ¿es algo pesado?"

"Júzgalo tú mismo". Dije, mientras Grace abría la puerta del coche y Bestia, el pastor alemán de Spike, salía del asiento trasero.

"¡Bestia!" gritó Adam, corriendo a abrazar al perro, que le dio un gran beso descuidado. En treinta segundos, estaban jugando juntos y rodando por el suelo.

Mi tía salió de la casa. "¿Seguro que no te importa?" Le pregunté.

"Estará bien", dijo ella. "¡Mira qué feliz lo hiciste!"

"Creo que ambos parecen bastante felices".

Grace saludó desde el coche, y mi tía le devolvió el saludo.

"Tengo que irme", dije. "Vamos a tener una 'noche de chicas'".

"Yo diría que te lo has ganado. Gracias por todo, y no te olvides de la cena del domingo.

Estaba a punto de entrar en el coche cuando la tía Peg me detuvo. "Jamie, sólo quiero decir que tu madre estaría orgullosa de ti".

"Ella también habría estado orgullosa de ti", le dije, y le soplé un beso.

CAPÍTULO 29

"Entonces, ¿qué es lo siguiente?" me preguntó Duke.

Le había llevado a cenar un filete a The Capitol Grille como agradecimiento por toda su ayuda. Como yo era vegetariana, comía una patata asada y una ensalada.

"No estoy segura", dije, con la boca llena de patatas y crema agria. "¿Y tú?"

"Algo de trabajo, algo de juego, ya me conoces, querida. ¿Estás pensando en volver a ser abogada de divorcios? Se te da muy bien eso". Se metió un gran trozo de filete poco hecho en la boca.

"Tal vez, al menos hasta que aparezca algo mejor. Sólo sé que es hora de volver al trabajo".

"Tal vez podrías recomendarme a tus amigos abogados, especialmente a esas abogadas sexys". Me sonrió.

Sacudí la cabeza y sonreí. "Sigue soñando, Duke".

Fingió estar herido.

"Hay una cosa que me gustaría hacer", dije, "ahora que mi madre se ha ido..."

"¿Qué?" preguntó Duke.

"Tengo curiosidad por mi padre. No sé mucho sobre él, excepto que era 'un gran problema'. Necesito conocer su historia. Quizá sea de la mafia, o un ladrón de arte internacional... o quizá sea 'el arreglador' de políticos sucios. Todo lo que sé es que voy a averiguarlo".

"Estoy a su servicio, mi señora", dijo Duke, inclinando su sombrero imaginario.

"¿Me ayudarías?" Dije, conmovida.

"¿Qué piensas, Jamie?" Estaba sonriendo. "Me encantaría decirte quién es tu papá".

Gemí y le tiré la servilleta. "No sé por qué te aguanto".

"Porque soy único", dijo Duke con un guiño.

Me reí. "Eso está claro".

Entonces, me di cuenta de que era más feliz de lo que había sido en mucho tiempo. Tenía una nueva vida y gente que se preocupaba por mí; incluso tenía un misterio que resolver. Quizá debería diseñar mi propia camiseta de "La vida es buena": una con una figura de palo sonriente, rodeada de amigos.

Querido lector,

Esperamos que hayas disfrutado leyendo *Muerte por didyeridú*.
Tómese un momento para dejar una reseña, incluso si es breve.
Tu opinión es importante para nosotros.

Atentamente,

Barbara Venkataraman y el equipo de Next Chapter

SOBRE LA AUTORA

La galardonada autora Barbara Venkataraman es abogada en el sur de Florida, donde se inspira para sus libros en los titulares diarios. Le encanta conectar con los lectores a través de sus libros y encuentra un tipo de alegría especial en una frase bien escrita. Además de escribir ficción, es coautora de *Accidental Activist: Justice for the Groveland Four* (*Activista accidental: Justicia para los cuatro de Groveland*) con su hijo Josh Venkataraman, sobre su exitosa búsqueda de cuatro años para obtener indultos póstumos para los cuatro de Groveland.

Muerte por didyeridú
ISBN: 978-4-82414-225-2

Publicado por
Next Chapter
2-5-6 SANNO
SANNO BRIDGE
143-0023 Ota-Ku, Tokyo
+818035793528

7 abril 2022